Le treizième chat noir

Christian Poslaniec

Le treizième chat noir

Neuf en poche
l'école des loisirs
11, rue de Sèvres, Paris 6e

Composition : Sereg, Paris (Bembo 15/20)
Loi numéro 49.956 du 16 juillet 1949 sur les publications destinées à la jeunesse : septembre 1992
Dépôt légal : avril 1994
Imprimé en France par la Société Nouvelle Firmin-Didot au Mesnil-sur-l'Estrée (26798)

1

Le premier chat noir a débouché de la rue de la Croix-Nas. Je venais juste d'en lire le nom sur la plaque, et ralentissais, pour jeter un coup d'œil sur le plan de Beaugency qu'on m'avait envoyé, afin de repérer cette rue.

Je ne suis pas particulièrement superstitieux, mais quand ça file à une allure proche de celle d'un TGV, que ça vient de la gauche et que ça n'a donc pas la priorité, que ça ulule comme une sirène de mer dont la queue serait coincée dans une huître géante, et que surtout ça méprise le Code de la route, j'estime que ce genre de bestiau annonce bel et bien un malheur.

Ça n'a pas manqué ! Le chat noir s'en est sorti sans bobo. Mais ma voiture est entrée tout droit dans le collège de Beaugency – c'était écrit sur une plaque, et je lis vite ! Par la grande grille. Ouverte, par chance. On était dimanche : elle aurait pu être fermée et, en l'occurrence, pour ma petite voiture rouge, aurait joué le rôle d'un coupe-tomate.

« Heureusement que je ne roulais pas vite ! » ai-je eu le temps de me murmurer d'un air rassurant. Juste avant qu'un deuxième chat noir saute littéralement sur le capot de mon véhicule fou.

Pesant de toute ma peur sur la pédale de frein, dents serrées, j'étais bien trop préoccupé par la trajectoire surprenante de ma voiture pour me soucier vraiment de cet obscur cadeau tombé du ciel. Le chat noir en profita : ses quatre pattes tendues brandirent vingt pointes redoutables qui crissèrent comme craie au tableau le long du capot, y creusant quatre portées musicales sans notes.

Le troisième chat noir se contenta de survoler gracieusement mon pare-brise, l'époussetant de sa queue, et disparut aussi vite de ma vue.

C'est le moment que choisit mon auto pour se mettre en crabe. Je ne savais même pas qu'elle pouvait aussi se déplacer sur le côté ! Une grande nouveauté, pour moi !

Tout en luttant furieusement avec le volant pour lui reprendre le pouvoir, je me demandai d'où pouvaient venir tous ces chats noirs dangereux.

Ma voiture se décida enfin à s'arrêter, un peu grâce au mur du bâtiment que je voyais venir à ma rencontre depuis que j'avais franchi la grille du collège. De plus en plus lentement, heureusement. Et le choc final fit comme un léger baiser de mon aile avant droite au mur: «Smack!» D'ailleurs ça laissa une marque rouge!

A cet instant, un quatrième chat noir franchit en vol plané la fenêtre ouverte de ma portière. Je n'avais encore jamais vu une boule de poils noirs hérissés faire aussi rapidement le tour d'une voiture, cinq fois de suite, en miaulant furieusement, et en me piétinant avec application les genoux à chaque passage.

J'ouvre brusquement la portière, sors de ma cage en titubant et, braquant un index autoritaire vers le chat, lui crie:

– Sors de là, toi!

A ma grande surprise, il obtempère et, après trois petits cris rauques, et un dernier tour d'honneur, disparaît derrière l'un des platanes.

Vivement, je claque la portière et respire à fond pour reprendre mon calme.

Un gosse aux cheveux coupés à la Jeanne d'Arc, frange froufroutant sur le front, au regard curieux, sort brusquement d'un hangar proche. Un foulard noir lui masque le bas du visage. Un vrai bandit de bande dessinée! Dans la main droite, il tient une brosse à chaussures, dans la gauche, un tube de cirage. Noir.

NOIR? Un terrible soupçon me traverse l'esprit.

– Qu'est-ce que tu fiches ici, toi? Il me semble que le collège est fermé le dimanche.

Il me dévisage sans répondre, détourne la tête, contemple d'un air amusé le baiser langoureux entre le mur blanc et la voiture rouge, revient à moi, me détaille des pieds à la tête, puis se décide à dire :

– Je n'aime l'école que le dimanche.

– Comment tu t'appelles ?

– Mathieu.

– Mathieu comment ?

– Mathieu.

Il ne sourit même pas ; mais c'est comme s'il se moquait de moi par tous les pores de sa peau, toutes les lueurs jouant dans ses prunelles, et même les sept taches de rousseur qui soulignent son œil droit d'un cerne étoilé, au-dessus du foulard noir.

– Qu'est-ce que tu fabriques ici ?

– Je fabrique du malheur.

– Du malheur ?

Je dois avoir l'air abasourdi, car Mathieu juge nécessaire de me préciser :

– Du malheur pour tout le monde. Il n'y a pas de raison que ça n'arrive qu'à moi les trucs moches.

– Il t'arrive des trucs moches ?

– Ben oui, tout le temps.

– Lesquels ?

– Ça ne vous regarde pas.

L'espace d'une seconde, son visage s'est froissé comme une feuille de papier.

– Pourquoi te caches-tu derrière un foulard ?

– Pour ne pas respirer le même air que vous, répond-il d'un ton hargneux.

Avant que j'aie eu le temps de me pencher vers lui pour lui dire que quand on raconte ses malheurs à quelqu'un, ça va mieux après, il a jeté brosse et cirage à mes pieds, et est parti en courant.

Je n'ai pas fait un geste pour le retenir. Je l'ai juste regardé disparaître derrière un platane, réapparaître un peu plus loin, et disparaître de nouveau, jusqu'à ce que l'ombre du préau, à l'autre bout de la cour, l'ait dévoré intégralement.

Machinalement, j'ai ramassé la brosse et le cirage. J'ai appuyé légèrement sur le tube et un tortillon aussi noir que le malheur en a jailli. J'ai hoché la tête.

Lentement, je me suis approché du hangar et j'ai ouvert la porte. Un vrai troupeau de chats blancs, roux, tricolores, et surtout noirs, en ont jailli en piaulant, me bousculant sans vergogne. L'un d'eux était blanc de la tête à mi-corps, noir comme cirage jusqu'au bout de la queue.

J'ai eu le réflexe de compter les chats noirs qui s'enfuyaient: ... cinq, six, sept, huit! Avec les quatre de tout à l'heure, cela faisait douze. Douze et demi en comptant le demi-blanc. J'avais eu chaud! Parce que treize chats noirs, ça m'aurait sans doute porté malheur!

2

La veille, il m'avait fallu une demi-heure au moins pour trouver l'hôtel du Mail où une chambre m'était réservée. J'y avais passé une bonne nuit, me préparant à tout car, dans le courrier d'invitation, on m'avait promis une surprise. Mais je me méfie terriblement des surprises.

– … et pour toutes ces raisons, nous sommes heureux d'accueillir dans notre charmante petite ville de Beaugency un écrivain aussi prestigieux que vous, mon cher Christie Spivac.

En entendant mon nom, je sursaute un peu et lève les yeux sur l'adjoint au maire. Il est tout seul au milieu de la grande salle de la mairie. Une foule de gens, qui paraissent heureux d'être là, l'entourent, disposés comme s'ils étaient assis sur les gradins d'un cirque romain, sauf qu'ils sont debout. L'adjoint au maire sourit de toutes ses dents. Sur le côté, il en a une en or qui paraît clignoter chaque fois qu'il fait un signe de tête; c'est ce qui me fascine depuis un moment: cette complicité entre le grand lustre illuminé et la dent en or cachée dans l'ombre, qui capte un rayon à la moindre occasion. J'en arrive même à me demander si l'adjoint au maire n'a pas trouvé là une façon originale de transmettre un message en morse. Ce serait ingénieux. Et j'étais si attentif à ma rêverie intérieure, que je n'ai pas entendu les trente-six raisons, au moins – car le discours a été fort long – qui rendent ce monsieur si content de m'accueillir ici.

C'est alors que je prends vraiment conscience de la situation, et du silence gêné qui règne alentour: l'adjoint au maire est debout au milieu de la grande salle de la mairie; il sourit de toutes ses dents, mais ça ressemble de plus en plus à un rictus; et il a la main tendue vers moi, attendant que je la lui serre. Et ça doit faire plusieurs minutes déjà qu'il est dans cette position, car j'entends soudain des petits rires étouffés dans la foule. Je me précipite sur sa main, l'attrape comme si c'était un merveilleux cadeau de Noël (c'est le prénom de l'adjoint au maire), et me mets à la secouer, comme pour l'égoutter.

– Excusez-moi, j'étais distrait, dis-je à mi-voix.

– Ah! ces écrivains! Toujours dans la lune! s'écrie l'adjoint au maire en levant les yeux au plafond, ravi d'être enfin sorti d'une situation aussi pénible.

Et se débarrassant brusquement de ma main, il hurle:

– Et maintenant, mes amis, je vous invite à prendre un verre en l'honneur de notre invité.

Chacun fait alors demi-tour sur place, et se trouve face à de longues tables disposées en arc-de-cercle, ce qui me fait brusquement comprendre pourquoi la foule s'était disposée en rond, prête à se jeter sur le buffet, au signal. Les tables sont chargées d'assiettes remplies de petits toasts de toutes les couleurs, et d'alignées de verres vides. Mais une demi-douzaine de personnes, vêtues de pantalons ou jupes noirs en bas, de chemises ou blouses blanches en haut, s'appliquent à les remplir d'un liquide pétillant. Leur tenue me rappelle le chat à demi ciré d'hier soir.

Je n'ai parlé à personne de cette mésaventure. Ce matin, j'ai fait la grasse matinée. Et à dix heures on est venu me chercher pour assister à cette cérémonie.

Quelqu'un me tend un verre. Je remercie d'un signe de tête et y plonge les lèvres. C'est du mousseux, même pas du champagne ! Je déteste ça. Manifestement, on me considère comme un écrivain de seconde zone ! Je n'ai écrit que des romans policiers. Mais depuis que l'un d'eux a été adapté pour la télévision, j'ai droit, de temps en temps, à un accueil de ce genre.

Je cherche des yeux le bibliothécaire

de Beaugency, Fernand Moulin. C'est lui qui m'a téléphoné pour m'inviter au Salon du livre que la ville organise chaque année. On me l'a présenté quand je suis arrivé à la mairie.

– Monsieur Spivac ?

Je me retourne. C'est lui. Heureux hasard ! Un petit bonhomme rondouillard d'une trentaine d'années, jovial, qui m'arrive tout juste à l'épaule et doit lever la tête pour me parler. Il paraît sourire perpétuellement, avec juste ce qu'il faut d'ironie pour que je me demande s'il se fiche de moi ou non.

– Beau discours, n'est-ce pas ? dit-il.

Je le dévisage. J'espère qu'il plaisante, cette fois. Mais son sourire est immuable.

– Magnifique ! Je n'avais rien entendu d'aussi fort depuis l'appel du général de Gaulle.

Il se renfrogne un peu, se demandant à son tour si je me fiche de lui, et murmure :

– C'est moi qui l'ai écrit. L'adjoint au maire est incapable d'aligner plus de trois mots à la suite.

Je hoche la tête, conscient de la confiance qu'il me fait, et réponds :

– Confidence pour confidence, je n'étais pas né au moment de l'appel du général de Gaulle.

Il rit et, cette fois, ça a l'air d'être pour de vrai. Profitant de sa bonne humeur, je l'entraîne dans un coin de la salle, hors de la cohue bruyante concentrée devant les assiettes déjà à moitié vides. Au passage, je dépose discrètement mon verre encore plein sur une table. Puis je demande :

– Et ma surprise ? Vous m'aviez promis une surprise dans votre lettre.

Cette question a l'air de le mettre encore plus en joie.

Mais il répond :

– Une surprise, c'est une surprise. Si je vous le dis, ce ne sera plus une surprise.

Evidemment !

– Mais c'est pour quand ? Aujourd'hui ? Demain ?

– Surprise ! s'exclame-t-il.

Et comme je fais une petite moue boudeuse, il reprend :

– Le Salon du livre ne commence que vendredi. Mais chaque année, un peu avant, nous faisons venir un écrivain célèbre (« Merci pour la pommade ! En attendant, c'était du mousseux, pas du champagne ! »), et nous lui préparons une surprise. C'est en rapport avec la vie et les traditions de Beaugency, mais je ne peux pas vous en dire plus, pour ne rien trahir.

– Même pas un petit indice ?

Il sourit de plus belle.

– Ah ! Le détective privé de vos romans vous inspire, je vois... Eh bien disons que nous allons faire appel, justement, à vos compétences d'écrivain.

Je fais la moue et dis :

– J'espère que vous n'allez pas me mettre dans une vitrine en me demandant d'écrire une histoire en deux heures, devant une foule me regardant peiner. J'ai vu ça dans un autre Salon du livre. J'avais envie de jeter des cacahuètes au pauvre type enfermé derrière la vitre.

– Non ! Non ! Rassurez-vous, rien de ce genre.

– Ah bon ! Parce que je préfère écrire en secret, quand personne ne me regarde.

Et puis, pensant brusquement à quelque chose, je demande :

– Votre surprise n'a rien à voir avec des chats noirs, n'est-ce pas ?

Il a l'air ébahi, et s'exclame :

– Des chats noirs ! Vous dites ça par hasard ou vous avez déjà fait des recherches sur les légendes de Beaugency ?

– Par hasard, dis-je d'un ton rassurant.

Il me dévisage d'un air méfiant. Je ne sais pas pourquoi, mais je n'ai pas envie de lui raconter ce qui m'est arrivé hier. Alors j'ajoute :

– C'est quoi cette légende ?

– Ça s'appelle « Le chat du diable ». Un chat noir, évidemment. Autrefois, on racontait que les habitants de Beaugency en avaient tellement assez de nourrir les moines de l'abbaye, en trimant dans les champs comme des esclaves, qu'ils avaient chassé de la ville les gros abbés, à coups de fourches.

– Carrément?

– Carrément! Inutile de vous dire que ça n'avait pas plu à tout le monde! Alors la légende dit que Dieu a abandonné la ville... je vous passe les détails.

– Et le diable a rappliqué.

– Tout juste! Je vois que vous connaissez la légende.

– Pas vraiment, dis-je, mais j'ai parfois fréquenté les églises. C'est toujours pareil: quand Dieu sort, le diable entre en scène. Et comment s'est-il manifesté, ce bon Lucifer?

– Oh! très simplement. Vous n'avez sans doute pas eu le temps de visiter la ville, mais il y a un pont qui traverse la Loire. Autrefois, c'était la seule façon d'entrer ou de sortir de la ville. Alors le diable s'est installé au bout du pont. Tout le monde pouvait entrer à Beaugency, mais personne ne pouvait en sortir.

– Que se passait-il si quelqu'un essayait de sortir ?

– Il se transformait en chat blanc.

– En chat blanc ? Ce n'est pourtant pas la couleur préférée du diable !

– En chat blanc au début. Mais au fur et à mesure qu'il avançait sur le pont, il devenait noir.

Je sursaute en repensant à mon chat demi-noir de la veille. C'est bizarre ! Mais Fernand Moulin ne s'en aperçoit pas, et poursuit :

– Arrivé à l'autre bout du pont, c'était devenu un chat noir complet, qui allait semer le malheur dans toutes les contrées avoisinantes.

– Et s'il revenait vers Beaugency, il redevenait un être humain?

– Aucun chat noir n'est revenu de l'autre bout du pont... Sauf un!

– Ah! Je me disais bien, aussi...

Le bibliothécaire sourit, comme un chat à l'affût sourirait, s'il savait le faire. Et reprend:

– Il y avait un petit garçon très méchant à cette époque. Abandonné très jeune par ses parents, il avait réussi quand même à survivre en chapardant. Il vivait dans les bois alentour, mais personne ne savait où. Ça ne lui avait pas donné bon caractère, et il jouait des tours pendables aux habitants. Ceux-ci disaient que c'était le diable en personne, et le fuyaient comme la peste. Eh bien c'était le seul qui pouvait franchir le pont, se transformer en chat noir, revenir, et retrouver sa forme humaine.

– Il ne s'appelait pas Mathieu, par hasard ?

Cette fois, c'est mon interlocuteur qui sursaute.

– Mathieu Tavers, oui. Je savais que vous connaissiez la légende. Vous m'avez fait marcher.

– Mais non, pas du tout ! C'est simplement que j'ai rencontré le petit Mathieu hier soir, entouré d'une ribambelle de chats noirs. Même qu'il a manqué me porter malheur.

Moulin me dévisage pour voir si je plaisante. Il doit conclure que oui, car il retrouve son perpétuel sourire pour dire :

– Quelle imagination ! Je crois qu'on a fait le bon choix en vous invitant cette année. Au fait, que comptez-vous faire demain ?

Je le sens un peu tendu en posant cette

question. Je suppose donc que la surprise est prévue pour demain. Fort bien, jouons le jeu.

– Si je comprends bien, j'ai le droit de faire ce que je veux?

– C'est ça, dit-il en riant.

– Eh bien figurez-vous que j'ai apporté mes cannes à pêche. Je compte bien taquiner un peu le gardon de la Loire. Cela fait des années que ça ne m'est pas arrivé.

Mon interlocuteur a l'air ravi, et dit:

– Si je peux vous donner un conseil – car je pêche un peu moi aussi – , le meilleur coin c'est en descendant la Loire vers Tavers.

– Tavers? Comme Mathieu?

– Eh oui! Il y a de drôles de hasards vous ne trouvez pas? A Tavers, vous trouverez des coins très poissonneux, en bordure des bois, juste en face de la centrale nucléaire.

– La centrale nucléaire? Oh là là! Les poissons doivent avoir des formes étranges et des couleurs inconnues, à cause de la radioactivité, non?

Il rit.

– Rassurez-vous, tout est normal. (Et il ajoute:) C'est le matin que les poissons sont le plus gourmands par là-bas.

– Je crois bien que je vais quand même tenter ma chance dans la soirée. Je suis impatient, vous comprenez? Mais rien ne m'empêche de récidiver demain matin, n'est-ce pas? Si je ne fais pas la grasse matinée.

– Non, rien! Mais cette après-midi, j'avais l'intention, si ça vous intéresse, de vous faire visiter la bibliothèque municipale. Le lundi, on est tranquille, elle est fermée. Je voudrais vous montrer la petite exposition qu'on a préparée sur vous; l'homme et l'œuvre, comme on dit.

– Pourquoi pas! Vers quinze heures, ça ira? Comme ça j'aurai encore le temps d'aller pêcher avant qu'il fasse nuit.

– Quinze heures, d'accord. Mais n'oubliez pas que c'est surtout le matin que les poissons mordent.

Je le quitte précipitamment, car je viens d'apercevoir l'adjoint au maire se frayer un passage dans la foule, dans ma direction. J'ai peur qu'il ait envie de me relire les passages de son discours auxquels je n'ai pas été assez attentif.

Je me demande pourquoi Fernand Moulin a insisté pour que j'aille pêcher le matin à cet endroit!

3

La bibliothèque municipale de Beaugency ressemble à toutes les bibliothèques que j'ai déjà eu l'occasion de visiter. C'est-à-dire qu'on y trouve surtout des livres. Disposés sur des étagères. Classés par genres. Je me demande pourquoi on tient tant à me faire visiter la bibliothèque, chaque fois que je vais quelque part. Peut-être s'attend-on à me voir fouiner partout pour vérifier si mes livres s'y trouvent. Mais il y a longtemps que j'ai renoncé à ce genre de vanité. Quand je ne les trouvais pas, on me disait : « C'est bon signe. Ils sont sortis. Cela prouve qu'ils sont lus.» Et si je les cherchais en vain dans les fichiers, on m'objectait que les fichiers n'étaient pas du tout à jour!

– Alors, ça vous plaît? demande Fernand Moulin en désignant une série de panneaux accrochés au mur.

– Magnifique! dis-je. Vous vous êtes vraiment donné du mal pour moi.

Il me dévisage pour voir si je suis sincère, mais mon expression est impénétrable. A dire vrai, je ris intérieurement. L'exposition en question se compose en tout et pour tout de quatre panneaux. En haut de chacun il y a un énorme titre en lettres découpées dans des journaux, qui mange à peu près le tiers de la place. Je lis les quatre titres: L'homme, l'œuvre, l'œuvre, et l'œuvre. C'est d'une originalité fracassante! Sur le premier panneau, une photocopie agrandie d'un portrait de moi, qu'on a dû trouver dans une revue. On ne m'y reconnaît guère, et cela vaut sans doute mieux. En dessous, trois lignes de texte, que je ne prends pas la peine de lire. Le second panneau énumère, en grosses lettres tracées au feutre noir, quelques titres de mes livres. Quant aux deux derniers panneaux, ils sont composés à partir des couvertures photocopiées des mêmes livres. Mais le pire, c'est le papier crépon qui sert de fond aux panneaux : rose, froissé, taché par endroits. On sent que la bibliothèque municipale n'a pas eu le droit d'acheter, pour la circonstance, un matériel aussi onéreux qu'un rouleau de papier crépon. Et je déteste la couleur rose.

– On a dû les réaliser nous-mêmes, dit fièrement le bibliothécaire. Les services techniques de la mairie avaient trop de travail avec le Salon du livre.

– Mais j'apprécie beaucoup le petit côté artisanal, dis-je sans sourire.

Cette fois, Fernand Moulin n'est pas dupe, car il se renfrogne.

Juste à ce moment, une jeune fille que je n'avais pas encore aperçue, se dirige vers nous, se penche vers mon interlocuteur, et lui murmure quelque chose à l'oreille. Du coup il prend une mine soucieuse. Je dis :

– Vous avez l'air contrarié.

– Hélène vient de me dire que le fantôme de la bibliothèque a encore fait des siennes.

Je dresse l'oreille. Est-ce que par hasard on me tendrait un piège dès aujourd'hui ? Je regarde Moulin droit dans les yeux, mais il paraît sincèrement embêté. Alors je demande :

– Un fantôme? Voilà qui me paraît intéressant.

– Oh! ce n'est pas un vrai fantôme. Juste un voleur. Mais on l'appelle comme ça parce qu'on ne sait pas comment il procède.

– Ce ne doit pas être trop difficile de voler des livres, non? Je sais que ça arrive dans toutes les bibliothèques.

– Oui, c'est vrai. Mais ici c'est un peu spécial. Par exemple, aujourd'hui, la bibliothèque est fermée au public. Hier, dimanche, elle était fermée aussi, naturellement. Et pourtant un nouveau livre a disparu. Et Hélène me certifie qu'il était là samedi soir, après la fermeture. Elle l'a rangé elle-même sur le rayon.

– C'est bizarre en effet. Mais peut-être quelqu'un s'est-il introduit ici hier ou ce matin.

– Ce n'est pas possible, dit-il. Venez voir.

Je le suis et nous refaisons le tour de la bibliothèque. A toutes les fenêtres, il y a des barreaux qui paraissent solides. Trop rapprochés pour permettre à quelqu'un, même un enfant, de s'y glisser. Et apparemment il n'y a qu'une seule porte.

– Qui possède la clé ? demandé-je.

– Il n'y a que moi, répond Fernand Moulin. Quand on a constaté qu'il y avait des vols, et que cela se produisait même pendant les heures de fermeture, j'ai fait changer la serrure et poser un verrou de sûreté. Et je suis le seul à en avoir les clés. Mais vous voyez : cela ne sert à rien.

– Il n'y a pas de doubles de ces clés, en cas de perte ?

– Si, bien sûr. Mais ils sont enfermés dans le coffre-fort de la mairie, en sécurité.

Je ris. Fernand Moulin hausse les sourcils, intrigué. Alors je lui fournis l'explication attendue :

– Ce matin, l'adjoint au maire m'a fait visiter la mairie, avant la cérémonie. J'ai vu le coffre-fort, un truc en acier, énorme, qui doit bien dater du Moyen-Age... ou presque ! J'ai mis environ trois minutes à en deviner la combinaison.

– Bravo ! Vous êtes très fort. En tant que cambrioleur !

– Oh ! je n'ai aucun mérite. C'est toujours le même truc : dès que plusieurs personnes ont accès à un coffre-fort, elles cherchent une combinaison facile à retenir. Donc facile à deviner.

– Et alors, c'est quoi, pour la mairie de Beaugency ?

– Secret ! J'ai promis de ne pas la révéler, dis-je en riant. Mais de toute façon j'ai cru comprendre qu'on n'y mettait que des papiers. Et aussi le double des clés de la bibliothèque.

Comme j'ai ajouté cette dernière phrase d'un ton perfide, Fernand Moulin réplique :

– Et alors ? Vous pensez que les conseillers municipaux ou les employés de la mairie qui ont accès au coffre vont s'amuser à venir, la nuit, voler un bouquin de temps en temps ?

– A la vérité, non, je ne le crois pas, dis-je. Mais des fois, c'est la solution la plus simple qui est vraie. (Et je demande :) Est-ce que beaucoup de livres ont disparu ?

– Une vingtaine, peut-être. On n'a pas fait un inventaire complet. Mais dès qu'on a été sûr que des livres disparaissaient, on a fait plus attention. On a vérifié plus souvent. A vrai dire, ce n'est pas très grave, et comme vous le disiez, dans toutes les bibliothèques, il y a des cas semblables. Mais là, ce qui nous turlupine, c'est que nous sommes incapables de comprendre comment le voleur procède.

– Vous avez raison. Il s'agit sans doute d'un fantôme. Peut-être le fantôme d'un auteur méconnu qui vient récupérer ses œuvres, ou faire disparaître celles de ses confrères plus chanceux !

– Plaisantez ! Plaisantez ! Le dernier livre qui a disparu est un roman policier dont vous êtes l'auteur. Apparemment notre fantôme a eu vent de votre présence ici, et cherche à s'informer.

– Bravo ! Celle-ci on ne me l'a encore jamais faite !

– Que voulez-vous dire ?

– Je veux dire qu'on m'a déjà fait le coup du fichier incomplet, des livres sortis, pour justifier l'absence de mes romans sur les rayons, mais le coup du fantôme, jamais !

Cette réflexion permet à Fernand Moulin de retrouver sa bonne humeur.

Pour m'en remercier, sans doute, il dit :

– Au moins, vous pouvez constater que notre voleur a du goût.

– Cela dépend. Qu'a-t-il volé encore ?

– Oh ! des livres très divers. Des romans, des documentaires, des histoires. J'ai cherché un lien possible entre tous ces livres, pour essayer de dresser une sorte de portrait moral du fantôme, mais en vain.

– Et le premier livre volé, c'était quoi ?

– Les « Histoires extraordinaires » d'Edgar Poe.

– Intéressant !

– Pourquoi ?

– N'est-ce pas là-dedans qu'on trouve l'histoire de la lettre volée ?

– Je ne vois pas le rapport.

– Moi non plus, a priori, mais on ne sait jamais !

Il rit. Cela me paraît une bonne façon de terminer l'entretien. Et comme j'ai envie d'aller pêcher, je prends congé très poliment.

4

Vers six heures du matin, en septembre, quand les nuages s'effilochent, que l'air se tient immobile pour ne pas gêner l'ascension du soleil, je n'ai pas envie de faire la grasse matinée. Surtout que je me suis couché tôt, hier soir, n'ayant rien d'autre à faire que lire tranquillement au lit.

Beaugency dort encore, et les rares coqs de service ont des voix rouillées de vieilles girouettes qui ne doivent pas réveiller grand monde. J'ouvre la fenêtre, lève les yeux sur les ombres roses et bleu nuit du ciel, et décide d'aller à la pêche.

Le temps d'avaler un café au comptoir du seul café déjà ouvert, non loin de l'hôtel, et je file à la recherche de ma petite voiture rouge. Il ne s'agit pas de laisser aux poissons le temps de se réveiller tout à fait: ils détecteraient trop facilement l'hameçon derrière l'appât. Hier, quand je suis allé explorer les lieux après avoir visité la bibliothèque, et tenter ma chance, j'ai juste attrapé deux petites ablettes que j'ai rejetées à l'eau. Je me voyais mal revenir à l'hôtel, qui fait aussi restaurant, et demander au cuisinier de me les préparer pour mon repas du soir! D'ailleurs, même si j'en prenais un plein seau, je crois que je n'oserais pas le lui demander non plus.

Pour l'instant, le problème qui se pose

est : où ai-je bien pu garer ma voiture ? Ça m'arrive tout le temps d'oublier où je l'ai cachée, et de la chercher partout. Je m'arrête de marcher pour réfléchir. Ah ! oui ! Place du Petit-Marché. J'ai regardé la plaque pour ne pas tourner en rond pendant des heures.

J'y suis en quelques minutes, et détaille les voitures garées là. Pas la moindre voiture rouge ! Peut-être que je l'ai laissée un peu plus loin. Ça arrive quand on est distrait. Je parcours les rues avoisinantes et me retrouve place du Petit-Marché. J'en fais le tour de nouveau, consciencieusement, comme si une voiture rouge pouvait soudain y apparaître, comme si j'avais pu ne pas la voir du premier coup ! Il y a bien une auto qui ressemble à la mienne, immatriculée à Paris de surcroît, mais elle est noire.

Je repasse lentement dans les rues alentour, scrutant chaque carrosserie, et me retrouve à mon point de départ. Rien!

Ce n'est pas vrai! D'abord un accident! Ensuite le discours interminable de l'adjoint au maire! Et voilà maintenant qu'on m'a volé ma voiture! Elle n'est pourtant pas de première fraîcheur! Et je ne sais même pas où se trouve la gendarmerie. D'ailleurs est-elle déjà ouverte? Je lève le bras pour consulter ma montre. Ma main est toute noire! On dirait que je ne me suis pas lavé depuis des mois. Je me retourne brusquement vers la voiture contre laquelle je me suis appuyé pour réfléchir et passe lentement le doigt le long de la carrosserie. Ça fait une traînée sale, et mon doigt n'en sort pas indemne, mais derrière la trace noirâtre, je distingue nettement la couleur rouge à laquelle je suis habitué. Je porte le doigt à mon nez : ça sent le cirage. Encore un coup du porte-malheur ! Ma parole, il m'en veut, ce petit. Ou alors il a quelque chose qui ne tourne pas rond ! C'est un sacré boulot de repeindre entièrement une voiture, même petite, au cirage noir. Et je me demande quand il a fait ça. Il ne dort donc jamais, ce gamin ?

Furieux, je regarde tout autour de moi, espérant surprendre quelqu'un en train de rire, caché dans un coin, pour passer ma colère sur lui. Mais il n'y a personne. Tout le monde semble encore dormir.

Je trouve un vieux chiffon dans mon coffre et entreprends une toilette sommaire de ma voiture. Ça ne sert pas à grand-chose, sinon à dessiner des arabesques du plus bel effet ; alors j'abandonne. Je la ferai nettoyer plus tard, dans un garage.

Je monte dans l'auto et démarre, non sans avoir pris soin de faire ronfler le moteur. Il n'y a pas de raison que je sois le seul, à la fois réveillé et furieux, dans Beaugency ! Je prends la route de Tavers, m'engage dans les petites rues, et finis par retrouver le chemin de terre qui longe la Loire.

L'eau est calme. Un léger brouillard flotte encore à la surface. Plus loin, la centrale nucléaire me salue de deux grosses bouffées de vapeur blanche qui restent suspendues, immobiles, comme des œufs nuageux, au-dessus des énormes coquetiers de béton.

Je monte ma ligne, accroche un grain de blé germé à l'hameçon, et entame la première coulée. Observer le bouchon qui flotte, il n'y a rien de tel pour me faire oublier tous mes soucis. C'est comme un espoir sans cesse renouvelé. A n'importe quel moment, par surprise, le petit flotteur peut s'enfoncer brusquement, et on ne sait pas, avant de l'avoir sorti, si l'on a capturé un vairon ou un énorme gardon ; surtout que les gros gardons, dès qu'ils sentent la piqûre de l'hameçon, se tiennent tout à fait immobiles pour ne pas se trahir. C'est seulement quand le bouchon s'enfonce brusquement et se met à filer sous l'eau qu'on sait avoir affaire à un poisson plus conséquent, une carpe, une tanche ou même une truite. Et deux fois sur trois, la ligne se casse avec un petit bruit sec désespérant.

Mais cette fois, je n'arrive pas à retrouver mon calme, ni à me vider la tête. J'ai beau me rappeler les paroles du bibliothécaire à propos de la centrale nucléaire, et avoir attrapé, hier soir, deux ablettes parfaitement conformées, je ne peux m'empêcher de penser que les poissons doivent avoir un petit air bizarre, dans le coin.

Je me demande quelle tête je ferais si j'attrapais un monstre ! D'ailleurs, des monstres, il y en a dans les rivières de France. Des poissons-chats géants, de plusieurs centaines de kilos, plusieurs mètres de long. Tiens ! Je me demande si les poissons-chats portent malheur ! Ils ont la bonne couleur pour ça. Une fois, par un jour de forte chaleur, j'ai vu un banc de poissons-chats (des petits !) dériver lentement à la surface de l'eau. Immobiles, bouche ouverte, serrés les uns contre les autres, avides de sauter sur tout ce qui pouvait se manger, un peu effrayants ; on aurait dit une flaque de pétrole brut polluant la rivière. Je ne les ai pas comptés, mais il y en avait peut-être treize !

PLOUF ! Je peux garantir que ça a fait PLOUF ! Exactement le même bruit que dans les bandes dessinées. Bien entendu, je sursaute, surpris, et jette un coup d'œil paniqué sur mon bouchon. Des fois, quand vous pêchez, les gros poissons vous narguent en faisant des galipettes à la surface, et retombent en faisant un bruit de gifle. Mais là, ça a fait PLOUF !

Une forme noire et trapue flotte juste devant moi. Ce n'est pas un poisson.

C'est... une chaussure. Noire.

Dans les bandes dessinées, cela arrive tout le temps que les pêcheurs attrapent des souliers. Dans la réalité, c'est plus rare !

Je me retourne brusquement. Il est là,

hilare, le visage découvert cette fois : Mathieu.

– C'est malin ! dis-je.

Il ne répond pas, mais continue à se moquer silencieusement de moi. Alors je fais comme s'il n'était pas là, et me remets à pêcher. Il ne faut pas que je me mette en colère à cause d'une vulgaire chaussure noire qui, d'ailleurs, a déjà commencé sa croisière vers Lestiou. Mais soudain je repense à ma voiture barbouillée et ne peux empêcher la moutarde de me monter au nez.

– Dis donc, gamin, tu trouves ça amusant de passer ta nuit à cirer ma voiture ?

J'ai crié, et je dois être tout rouge, mais ça ne semble pas l'émouvoir.

– Je n'aime pas le rouge, répond-il en riant. Et puis elle était sale. Maintenant, ça ne se voit plus.

Je songe aux traînées noirâtres dessinées par le chiffon sur la carrosserie. Je ne pense pas que ma petite voiture paraisse plus propre ainsi ! Mais ça ne sert à rien de crier. Sinon à réjouir davantage Mathieu. Alors je m'oblige à respirer plusieurs fois à fond pour retrouver mon calme.

– Tu as l'intention de continuer à t'acharner sur moi longtemps, Mathieu ?

– Je ne sais pas. Ça dépend. Vous avez une tête à faire arriver le malheur. Une tête de croque-mort. C'est pour ça que j'ai transformé votre voiture en corbillard.

– Une tête de croque-mort !

Je m'en étouffe d'indignation. C'est bien la première fois qu'on me dit ça.

D'un petit ton innocent, Mathieu demande :

– Vous êtes croque-mort ?

– Non, écrivain.

Il me regarde quelques secondes pour voir si je mens ou pas.

– Je ne vous crois pas. (Il laisse couler quelques secondes et reprend :) Je crois plutôt que vous êtes venu à Beaugency pour m'espionner, ou me ramener dans un foyer d'accueil.

Je le regarde à mon tour. Quelque chose m'a ému dans sa façon de dire ça.

– Tu es déjà allé dans un foyer d'accueil ?

– Oui. Chaque fois qu'on arrive à me reprendre.

– Et tes parents ?

Il ricane, comme si j'avais fait une plaisanterie osée.

– Mon père s'est sauvé, il y a longtemps. Je ne sais pas où il est.

– Et ta mère ?

– Elle a remplacé papa par un énorme frigidaire bourré de nourriture congelée. La nuit, j'entendais son moteur tourner lentement. Ça faisait : boum ! boum ! boum ! comme un cœur qui bat. On aurait dit vraiment qu'il était vivant, ce frigo. Et ma mère n'arrêtait pas de l'ouvrir pour aller y chercher un truc à grignoter. Elle est devenue énorme et ne s'occupait plus du tout de moi. Alors je suis parti... Mais ce n'était pas dans cette région, ajoute-t-il précipitamment.

Il m'a raconté tout ça comme une plaisanterie, mais j'ai le cœur serré en lui demandant :

– Et personne ne s'occupe de toi ?

– Je préfère pas ! Chaque fois qu'on me rattrape, on me raconte le même baratin : que je vais me faire plein de copains au foyer, que les assistantes sociales sont gentilles, que ce sera comme une famille. Tu parles ! Ils ont tous une tête de gardien de prison ou une tête de croque-mort, comme vous.

– Je te jure que je suis écrivain, et que ce que tu fais ne m'intéresse pas le moins du monde, dis-je, un peu vexé.

– Alors pourquoi est-ce que vous venez rôder ici ?

– Tu vois, je pêche. Pourquoi ? C'est ton territoire, peut-être ? Tu habites par ici ?

– Ça ne vous regarde pas.

Bon ! Le voilà qui fait de nouveau sa mauvaise tête. Je me retourne vers la rivière et fais comme s'il n'était pas là. Un petit vent coulis glisse ses courants d'air dans les arbustes qui bordent la rivière. Cela produit un bruit de papier d'aluminium qu'on froisse, et de minuscules vagues se poursuivent lentement à la surface de l'eau.

Mais Mathieu n'a pas l'intention de se laisser oublier aussi vite, car, dans un énorme PLOUF ! le deuxième soulier noir, qu'il tenait sans doute dissimulé derrière son dos, vient s'écraser sur mon bouchon.

Je crie :

– Ça suffit, Mathieu !

Pour toute réponse, il ricane et ramasse un caillou.

Je pose ma canne à pêche et me précipite vers lui. Il se sauve. Je lui cours après. Mathieu abandonne brusquement la berge et prend un sentier qui s'enfonce dans les bois. Je le suis encore quelques instants mais, peu habitué à pareil effort physique, j'ai de plus en plus de mal à respirer. Je m'arrête pour reprendre mon souffle, et Mathieu disparaît parmi les arbres.

Je reviens lentement vers la Loire et

me remets à pêcher. Mais le cœur n'y est plus. J'ai toujours l'impression que Mathieu va surgir du bois pour me faire une méchante surprise. J'en suis à me demander si je ne vais pas changer d'endroit, ou même regagner l'hôtel, quand je remarque soudain la centrale nucléaire.

L'énorme nuage double de vapeur qu'elle crache est devenu noir. Noir comme les chats de Beaugency, noir comme ma voiture repeinte cette nuit; noir comme les chaussures qui ont troublé la sérénité de la rivière.

Inquiet, je grommelle:

– Qu'est-ce qu'il a encore bien pu inventer, ce sale gosse?

Et, paniqué, je replie mon matériel de pêche, et me hâte vers ma voiture.

5

La première personne que j'aperçois en descendant de la voiture, devant l'hôtel, c'est Fernand Moulin. Il a l'air pressé mais, m'apercevant, oblique vers moi et vient me saluer. Il jette un coup d'œil éberlué à ma voiture, et demande :

– Qu'est-ce qui vous est arrivé ? Vous avez donné un bain de boue à votre auto ? Elle a des rhumatismes ?

– Ce n'est pas de la boue, c'est du cirage.

Il me dévisage, comme s'il ne trouvait pas vraiment normal de passer sa nuit à cirer sa voiture. Et prudemment, il dit :

– Généralement, le cirage, on le met plutôt sur les chaussures, non ?

– Généralement ! Moi j'ai eu droit au cirage d'abord, aux chaussures ensuite. Dans le désordre.

Il doit se demander si je n'ai pas attrapé un coup de lune pendant la nuit, car il change brusquement de sujet et, désignant mon attirail sur la banquette arrière, demande poliment :

– Vous avez fait bonne pêche ?

– Je viens de vous le dire : deux chaussures noires en ordre dispersé. Ah ! J'oubliais. Un gamin insolent aussi. Et en prime, la centrale nucléaire a commencé à cracher des nuages noirs, alors j'ai préféré m'en aller. On ne sait jamais, avec ces histoires que vous m'avez racontées hier. Si ça se trouve, le diable s'attaque à la centrale et s'en sert comme chaudière pour faire bouillir les âmes damnées de la région. Ou alors, votre mystérieux fantôme y fait brûler les livres qui lui déplaisent. En tout cas, ça ne m'étonnerait pas qu'elle explose d'un moment à l'autre. C'est pour le coup que ça porterait malheur à bien des gens !

Pour toute réponse, Fernand Moulin éclate de rire. Franchement. Je sais qu'il n'a pas été dupe de ma pauvre plaisanterie, qu'il a senti l'inquiétude réelle derrière les mots, et que c'est cela qui le fait rire.

– Rassurez-vous, finit-il par dire, ça arrive de temps en temps, et il n'y a pas de danger. C'est juste un effet de lumière, aux alentours de midi, une question d'éclairage. Vous pouviez continuer à pêcher tranquillement.

C'est à mon tour de rire. A cause du mot «tranquillement». Mais je n'ai pas le temps d'ajouter quoi que ce soit, car Fernand Moulin regarde fixement quelque chose par-dessus mon épaule et dit brusquement :

– Excusez-moi, il faut que je me sauve. Des tas de choses à régler.

Il me serre rapidement la main et s'éloigne à grands pas, comme s'il se sauvait, effectivement.

Intrigué, je me retourne. Il y a quelques personnes qui font leurs courses, un peu plus haut dans la rue. Et, au milieu de la chaussée, un fauteuil roulant fonce à toute allure sur ma voiture. J'espère que ce genre d'engin est équipé de freins ! Mais l'homme qui occupe ce fauteuil est un conducteur habile car, à quelques mètres de moi, il manipule simultanément les deux grandes roues avec ses mains, le fauteuil amorce une courbe, et passe à quelques centimètres de ma voiture.

L'homme n'a même pas tourné la tête vers moi. Il doit avoir une cinquantaine d'années, est coiffé d'un béret rouge tiré sur l'oreille, et porte une moustache hérissée qui me fait penser à celle d'un chat. Un vieux matou, assurément. Il a l'air content de lui, aussi. Mais ce n'est peut-être qu'une impression, car je n'ai pas eu le temps de le voir bien longtemps.

Il tourne un peu plus loin, au carrefour, comme s'il était à la poursuite de Fernand Moulin.

Sur ce, je décide brusquement qu'un bain tiède suivi d'un bon repas, cela me remettra les idées en place.

*

* *

J'ai à peine plongé ma cuillère au cœur de l'avocat aux crevettes posé sur mon assiette qu'un brouhaha dans la rue attire mon attention. Un attroupement s'est formé sur le trottoir d'en face. Soudain, une Estafette arrive à toute allure, deux gendarmes sautent en marche et se fraient un chemin dans la foule.

Plusieurs personnes, dans le restaurant, se sont levées de table et approchées des fenêtres pour mieux voir. Il y en a même qui sont sorties et ont déjà traversé la rue.

J'hésite à poursuivre mon repas, oscillant entre la curiosité et la sérénité. Finalement, je laisse ma cuillère plantée dans la mayonnaise, me lève, sors à mon tour du restaurant, et me dirige vers l'attroupement. Je demande :

– Que se passe-t-il ?

Un gros homme roux, moustachu, au

crâne presque dégarni, me répond, sans se retourner, comme s'il craignait de perdre une miette du spectacle :

– C'est la mère Garambault. Elle a été agressée.

– Par qui ?

– On ne sait pas encore. Des voyous sans doute.

A ce moment, un mouvement se produit dans la foule, et je me trouve entraîné au cœur du tourbillon, puis plaqué contre la porte ouverte, aux premières loges. Et je n'ai pas le temps de me demander ce qui a pu provoquer ce remous, car le spectacle qui m'est offert capte toute mon attention.

La mère Garambault, une dame d'un âge certain, vêtue d'une robe marron informe, est soutenue par les deux gendarmes. Un peu de sang coule d'entre ses cheveux gris, sur son front. Elle a l'air sonnée.

Soudain elle se rend compte, sans doute, qu'elle a un public car, sans que personne ne lui pose la moindre question, elle commence, d'une voix forte, pour que tout le monde l'entende :

– Il m'a assommée sauvagement, avec un bout de tuyau. Tenez ! Il l'a jeté là-bas, dans le coin. C'est parce que je l'ai surpris en train de fouiller dans la maison, ce petit voyou. Il a fait main basse sur mes économies. C'est tout ce que j'avais. Trente mille sept cent trois francs. Les économies de toute une vie. Je me demande bien comment il a su que je les cachais dans la boîte à café.

Je ne sais pas pourquoi, mais je trouve que quelque chose sonne faux dans sa façon de parler. Comme si elle récitait une leçon. Ou comme si elle inventait au fur et à mesure pour dissimuler la vérité.

Derrière moi quelqu'un ricane, et un autre murmure :

– Je parie qu'elle avait moins que ça, la vieille avare, et qu'elle est assurée contre le vol.

C'est bien mon impression aussi. D'ailleurs la victime le confirme immédiatement :

– De toute façon, je suis assurée. Et puis il ne l'emportera pas au paradis : je connais les numéros de tous les billets par cœur.

La foule se met à rire.

Alors, se tournant vers l'un des gendarmes, elle crie, avec véhémence :

– Vous allez le retrouver, ce chenapan, hein ?

– Comment était-il ? demande le gendarme pris à partie.

– Il était petit. On aurait dit un gamin, dit la vieille femme. Mais je n'ai pas vu son visage, parce qu'il avait un foulard sur le nez.

Derrière moi, j'entends quelqu'un murmurer :

– Il avait peur d'attraper son avarice, tiens !

Mais les gendarmes n'ont pas l'air d'avoir envie de rire. Ils viennent d'échanger un regard entendu, comme s'ils savaient de qui elle parle. Puis l'un d'eux, du menton, nous désigne, foule avide aux yeux et aux oreilles grands ouverts.

Il laisse son collègue soutenir seul la mère Garambault et s'approche de nous.

– Circulez, s'il vous plaît, messieurs dames. C'est terminé. La gendarmerie prend les choses en main. Allez, circulez !

Et il nous ferme la porte au nez.

La foule piétine un instant sur place, hésitante, comme si c'était seulement la fin du premier acte, et que la porte allait se rouvrir sur une nouvelle scène. Puis elle se disperse lentement.

Je rentre dans le restaurant, regagne ma place, et attaque enfin mon avocat aux crevettes. Distraitement. Et soudain je m'immobilise la cuillère en l'air, à mi-chemin entre l'assiette et ma bouche ouverte. Et si c'était un coup de Mathieu? Il ne m'a pas paru violent, mais on ne sait jamais!

Du coup, je n'ai plus faim. J'ai envie d'en avoir le cœur net. Je jette un coup d'œil sur ma montre: il est treize heures passées. Je finirai mon repas une autre fois.

Je me lève, sors, et rejoins ma voiture que j'ai laissée près de l'hôtel. L'Estafette de la gendarmerie est toujours garée devant chez la mère Garambault. Je démarre et prends sans hésiter la direction de Tavers.

6

En arrivant près de la Loire, je gare ma voiture sur le bas-côté et me dirige, à pied, vers le chemin où Mathieu m'a semé dans la matinée. Je m'y engage et avance d'un bon pas. J'ai à peine fait deux cents mètres que je l'aperçois, un peu plus loin. Il n'est pas seul. Une fillette dont les deux nattes blondes se détachent bien sur le fond des frondaisons est près de lui. Ils sont en train de parler, assis sous un chêne énorme. Mais en m'entendant arriver, ils dressent la tête, m'aperçoivent, se lèvent précipitamment, et se mettent à courir.

Cette fois, pas question de me laisser distancer. J'essaie de contrôler ma respiration et le rythme de ma course. Je rattrape peu à peu la fillette qui ne parvient pas à suivre son compagnon. Un peu plus loin, je vois Mathieu s'arrêter près d'une espèce de cabane délabrée, et me faire face. Manifestement, il n'a pas voulu abandonner sa camarade.

Quand j'arrive devant lui, essoufflé, il crie :

– Qu'est-ce que vous me voulez encore ?

Je ne réponds pas tout de suite. J'entre dans la cabane. Elle ne fait pas plus de deux mètres sur trois. Les planches noircies qui forment les murs sont fendues, et laissent passer des branchages qui se sont coulés à l'intérieur. Le toit de torchis est en partie effondré et j'aperçois un mélange de feuilles vertes et de ciel bleu à travers. Dans un coin, il y a une paillasse, une bouteille pleine d'eau, un paquet de gâteaux secs entamé et une pile de livres. Ayant repris mon souffle, je dis :

– Tu lis beaucoup, on dirait.

– C'est ce que j'ai de mieux à faire ! répond Mathieu, hargneusement.

– Tu les as volés ?

– Je ne suis pas voleur ! crie-t-il, sincèrement outré par mon accusation. (Et il ajoute :) Je les emprunte à la bibliothèque.

Je le regarde dans les yeux un bref instant. Il soutient mon regard. Il m'a l'air de dire la vérité.

– Alors, tu habites ici ?

Il ne répond pas.

– Qu'est-ce que vous lui voulez à Mathieu ? demande la petite fille qui n'a encore rien dit. Et qui êtes-vous ?

Je me tourne vers elle. Je lui donne une dizaine d'années, comme Mathieu. Elle est vêtue d'un jean et d'un pull bleu qui lui descend presque jusqu'aux genoux. Je suis prêt à parier qu'elle a une grande sœur. Sa frimousse est parsemée de taches de rousseur. Elle a l'air un peu inquiète.

– Je m'appelle Christie Spivac, dis-je. Et toi ?

– Eve Beuvron.

– C'est ton copain, Mathieu ?

– Ça ne vous regarde pas.

Décidément, il n'y a pas grand-chose qui me regarde ! Les enfants de Beaugency ont leur franc-parler, et je ferais mieux de me le tenir pour dit. Mais je veux en avoir le cœur net. M'adressant à Mathieu, je demande :

– Tu connais la mère Garambault ?

– Evidemment ! Tout le monde la connaît. Une vieille avare.

– Marcelline Garambault ? demande Eve.

– Je ne connais pas son prénom. Et, à Mathieu : tu l'as vue aujourd'hui ?

– Non. Pourquoi ?

– Quelqu'un l'a assommée. On lui a volé ses économies : trente mille sept cent trois francs. Elle a dit que c'était un gamin masqué qui l'avait agressée.

– Et alors ! s'exclame Mathieu.

Et, comprenant soudain ce que j'insinue, il s'écrie, d'un ton scandalisé :

– Et bien sûr, vous avez pensé que c'était moi !

Je baisse les yeux, un peu gêné.

– Mathieu ne ferait jamais ça ! s'écrie Eve, en me jetant un regard courroucé. Ce n'est pas parce qu'il vit tout seul dans les bois, qu'il faut l'accuser de n'importe quoi !

Elle a un peu raison. Alors, pour donner le change, je lui demande :

– Et toi, d'abord, qu'est-ce que tu fais là ?

Elle échange un regard avec Mathieu, comme si elle lui demandait la permission de répondre. Il hausse les épaules. Alors elle dit :

– C'est à cause du message.

– Quel message ?

– Celui que j'ai trouvé dans le livre. J'ai cru qu'il était de Mathieu.

Je n'y comprends rien.

– Attends un peu. Tu vas m'expliquer ça. Mais asseyons-nous, tu veux ?

On s'assoit tous les trois en rond, comme des Indiens sur le point de fumer le calumet de la paix.

Eve soulève son pull et en sort un mince livre coincé dans la ceinture de son jean. Elle me le tend. Je le prends et lis le titre : « Lisa l'intruse ». Je le feuillette et, apercevant un papier dissimulé entre les pages du livre, le saisis et le lis :

Tout au bord de la Loire
Il y a trois cailloux
Le premier est tout blanc
Les deux autres sont noirs
Là se cache le loup
Le trésor est dedans.

Je lève les yeux sur Eve et Mathieu, et demande :

– Qu'est-ce que ça signifie ?

Mathieu hausse les épaules et Eve dit :

– Je n'en sais rien. J'ai trouvé ça dans le livre. J'ai pensé à Mathieu parce que ça parlait de la Loire.

– Et où as-tu trouvé ce livre ?

– A la bibliothèque municipale. Mathieu y vient souvent.

– Comment as-tu choisi ce livre ?

– Au hasard. J'aimais bien le titre.

– Alors ce ne pouvait pas être un message de Mathieu !

– Non, vous avez raison. Mais sur le coup je n'y ai pas pensé.

Je réfléchis un moment et demande :

– Trois cailloux, un blanc et deux noirs, ça ne vous dit rien ?

– Si ! répond Mathieu, c'est au Gué.

– Au Gué ?

– Un ancien gué, un peu plus bas. Autrefois, il paraît qu'on pouvait traverser la Loire sans se mouiller les pieds. Mais plus maintenant.

– Et cette histoire de loup, ça vous dit quelque chose ?

– Non, dit Mathieu.

– Non, renchérit Eve.

Je me lève et dis :

– Allons-y !

7

Il y a bien trois cailloux, le premier très blanc, lavé par le courant, les deux autres aussi noirs que des chats bien cirés. Ils sont sur la rive, encastrés dans le sol. La Loire a changé de lit depuis longtemps déjà.

Je me plante devant l'ancien gué, et regarde tout autour de moi.

– Cherchons quelque chose qui ressemble à un loup, dis-je.

Eve et Mathieu me dévisagent comme s'ils me trouvaient bien puéril ou crédule pour un adulte. Et Mathieu murmure même :

– Un trésor ! Pfft !

Mais ils se mettent tous deux à fureter dans les buissons environnants, tandis que je longe la Loire en regardant soigneusement les arbres alentour sous tous les angles.

Soudain, Eve s'écrie :

– Venez voir !

J'accours aussitôt, suivi de près par Mathieu.

– C'est peut-être ça, dit-elle.

Elle désigne du doigt une roche cachée dans les buissons. Sculptée par le vent et la pluie, elle ressemble effectivement à une tête de loup, bouche ouverte, oreilles dressées, quand on la regarde d'une certaine façon. Je m'approche et passe ma main tout autour de la roche.

Elle est pleine et ne dissimule aucune anfractuosité. Je ne pense quand même pas qu'il y ait un mécanisme secret!

Mathieu s'est baissé et, à croupetons, fait le tour du rocher.

– Là! dit-il.

Je le rejoins et regarde. La broussaille masque un trou qui s'enfonce sous la gueule du loup rocheux. Sans hésiter, j'y glisse la main et sens une liasse de papier. Je la retire du trou. Ce sont des billets de cent francs. On se regarde tous les trois et c'est Eve qui dit:

– L'argent volé à la mère Garambault?

– Je ne sais pas, dis-je. On va voir.

Et je me mets à compter. Il y a exactement 4000 F.

– Si c'est l'argent volé, alors la mère Garambault a menti, dis-je. Mais je ne comprends pas pourquoi cet argent a été caché ici. Ni pourquoi un message dissimulé dans un livre de la bibliothèque indiquait cet emplacement.

Pour toute réponse, Eve émet un gargouillement. Etonné, je me tourne vers elle : c'est son estomac qui se manifeste bruyamment.

Soudain inquiète, elle demande :

– Quelle heure est-il ?

Je regarde ma montre.

– Trois heures dix.

– Oh là là ! s'affole-t-elle, je vais me faire tuer. On mange à midi et demi pile chez moi. Je n'ai pas vu le temps passer. Mes parents vont croire que j'ai eu un accident, ou je ne sais quoi. Il faut que je rentre.

Elle se redresse pour s'élancer quand nous entendons une foule s'approcher. Nous nous tournons vers le bruit. Une douzaine d'hommes longent la Loire dans notre direction. Ils ont l'air de fort mauvaise humeur.

– Le voilà ! crie soudain une voix, et un doigt se tend en direction de Mathieu, qui s'est avancé de quelques pas pour mieux voir.

– Attrapons-le ! dit quelqu'un d'autre.

Et ils se mettent à courir vers nous.

Au même moment, Eve sort du buisson qui la dissimulait.

– La petite Beuvron est avec lui, couine une troisième voix, très aiguë. Vous voyez bien qu'il l'a enlevée.

Qu'est-ce que c'est encore que cette histoire de fou ? En deux bonds, je me place devant les enfants et, étendant les bras comme pour les protéger, crie :

– Attendez ! Je vais vous expliquer.

J'ai à peine terminé ma phrase qu'un

coup de feu retentit. Je m'aperçois alors qu'ils portent tous des fusils de chasse. Ils sont complètement fous ou quoi? Je suis sur le point de dire autre chose quand un second coup de feu explose, tandis que j'entends: «Il a un complice! C'est un adulte!»

Alors, me tournant vivement vers Eve et Mathieu, je crie:

– Sauvons-nous! Ils ne sont pas en état d'écouter des explications.

Nous nous élançons à toute allure, Mathieu en tête. Il doit connaître ce coin comme sa poche, heureusement.

*
* *

Un peu plus tard, assis au milieu d'un champ de maïs, bien dissimulés, nous reprenons notre souffle. Je dois faire une drôle de tête car Eve me demande:

– Ça ne va pas?

– Oh si! Tout va bien! Sauf que maintenant ils vont croire que je t'ai enlevée pour de bon, avec la complicité de Mathieu. Qu'en plus nous sommes des voleurs, parce que quelques billets m'ont échappé en courant. Et qu'ils n'auront aucun mal à m'identifier puisque ma voiture est restée là-bas!

– Ils ne la reconnaîtront peut-être pas, peinte en noir, ricane Mathieu.

Je le fusille du regard.

– Qu'est-ce qu'on va faire? demande Eve.

– Il faut essayer de trouver un téléphone, dis-je. Je vais appeler les gendarmes pour leur expliquer.

8

Je crois bien que je n'avais jamais eu l'occasion de ramper sur une aussi longue distance. Mes vêtements doivent être dans un état épouvantable. Alors, si j'entends un groupe approcher, je n'aurai qu'à me lever et m'immobiliser : on me prendra certainement pour un épouvantail.

Tout en rampant, je râle intérieurement. Comment ai-je pu me fourrer dans pareille situation ? Heureusement, il y a un téléphone pas très loin, m'a dit Mathieu. Juste une dizaine de champs de maïs et quelques fourrés épineux, pour arriver à un hameau, sur la route. Mais quand on effectue le trajet sur le ventre, ça prend du temps. J'espère seulement que les justiciers armés de fusils ont abandonné leurs recherches. Je ne voudrais pas prendre un mauvais coup avant d'avoir pu me justifier auprès de la maréchaussée.

Enfin, j'aperçois le hameau : cinq ou six maisons éparpillées de part et d'autre de la route. Je m'immobilise un instant pour observer les alentours. Il n'y a personne. Alors je me relève, brosse un peu mes vêtements parsemés de décorations végétales variées, et me dirige à grands pas vers les maisons.

La cabine téléphonique est là, à l'entrée du hameau. Je glisse une pièce dans la fente prévue à cet effet et entends le bourdonnement familier. Ouf! Elle fonctionne. Je compose le 17. On décroche presque aussitôt. Sans hésiter, je dis:

– Allô, la gendarmerie? Ici Christie Spivac. Je voudrais vous expliquer ce qui vient de m'arriver.

– Christie Spivac? s'étonne quelqu'un à l'autre bout. Et la voix ajoute précipitamment: ne quittez pas, s'il vous plaît.

Je l'entends crier: «Chef! C'est Christie Spivac. Qu'est-ce que je fais?» «Je le prends», réplique le chef. Aussitôt, une voix plus grave demande:

– Vous êtes Christie Spivac?

– C'est ce que j'ai dit, en effet. Et je voudrais vous expliquer comment...

– Attendez, m'interrompt le gendarme. Avant tout, dites-moi comment se porte la petite Eve Beuvron.

– Quand je l'ai quittée tout à l'heure,

elle était en excellente santé, juste un peu essoufflée, dis-je d'un ton ironique.

– Vous ne l'avez pas maltraitée? reprend le gendarme, le plus sérieusement du monde.

– Hé là! Pour qui me prenez-vous?

Cette fois je n'ai plus envie de plaisanter. Et je me rends compte que je connais déjà la réponse: il croit que j'ai réellement enlevé Eve. Alors je reprends, patiemment:

– Tout ceci est une méprise. Il n'y a pas eu d'enlèvement.

– Vraiment? Et je suppose que vous allez me dire aussi que Marcelline Garambault n'a pas été agressée, et qu'on ne lui a pas volé ses économies. Même que plusieurs témoins affirment vous avoir vu au premier rang des spectateurs.

– Ça c'est une autre histoire. Ça n'a rien à voir.

– Vraiment ? Alors c'est seulement une coïncidence si Marcelline Garambault a reconnu les numéros des billets que vous avez perdus en vous enfuyant ? D'ailleurs pourquoi vous êtes-vous enfui ?

– On nous tirait dessus.

– Première nouvelle ! Ce n'est pas ce qu'on nous a rapporté.

– Evidemment ! Ils ne devaient pas se sentir fiers, après avoir tiré. Ils auraient pu tuer les enfants. Mais je vais tout vous expliquer.

– Je vous écoute. Mais au fait, d'où appelez-vous ?

Je m'apprête à le lui dire, mais réalise soudain qu'il n'a pas cru un mot de ce que je lui ai dit. Il est persuadé que j'ai enlevé Eve et assommé la mère Garambault. Si ça se trouve, il cherche seulement à gagner du temps pour permettre à ses services de repérer la cabine d'où j'appelle.

Je raccroche brusquement, et me hâte de regagner le bois le plus proche.

Me voilà dans de beaux draps! Je croyais naïvement qu'un simple coup de téléphone suffirait à me disculper. Mais il va falloir trouver autre chose.

*

* *

Quand je retrouve mes deux petits compagnons, Eve est en train de faire la lecture à Mathieu. C'est charmant, mais je n'ai pas le cœur à m'attendrir.

– Alors? demande Mathieu.

– Alors rien! Les gendarmes sont persuadés que j'ai enlevé Eve et agressé la mère Garambault.

Je me laisse tomber près d'eux, et réfléchis un moment. Ils respectent ma méditation. Enfin, je dis :

– Je ne vois qu'une solution. Eve, il faut que tu retournes chez toi, et que tu expliques ce qui s'est passé.

– Non, dit-elle avec détermination.

– Pourquoi ?

Sa réponse m'étonne.

– Parce que premièrement je vais recevoir une volée. Et je n'aime pas ça du tout. Que deuxièmement mes parents ne me croiront pas, ils me traitent toujours de menteuse. Et que troisièmement personne ne peut gober l'histoire du trésor, et du papier trouvé dans un livre.

– Tu n'auras qu'à le leur montrer, dis-je.

– Je ne peux pas. Je l'ai perdu en courant, dit-elle piteusement.

Un silence pesant s'installe entre nous.

– De toute façon, dit Mathieu, même si Eve rentre chez elle, même si on croit qu'elle est venue toute seule et qu'elle a oublié l'heure, ça ne changera rien pour l'argent. On croira toujours que c'est vous ou moi le voleur. Et même, je suis sûr qu'on pensera que vous avez relâché Eve parce que vous êtes aux abois, mais que vous l'avez quand même enlevée.

J'ai l'impression qu'il a raison.

– Qu'est-ce qu'on fait alors?

Eve et Mathieu me regardent, un peu étonnés. Après tout, c'est moi l'adulte! Ils s'attendaient sans doute à ce que je propose une solution. Mais comme je n'ai pas l'air de savoir quoi faire, Mathieu dit:

– On n'a qu'à attendre la nuit, et puis on ira dormir dans une ferme abandonnée que je connais, pas loin d'ici. Après, on verra.

9

Le soleil n'a qu'une seule roue. C'est pourquoi il se déplace si lentement. C'est du moins l'impression que nous avons, assis au milieu de notre champ de maïs, avec comme seules distractions :

1. Le déplacement du soleil dans le ciel,
2. Le bruit papillonnant des peupliers hors de vue, en bordure du champ,
3. Le vol paresseux de quelques corneilles gavées de grain, de temps à autre,
4. Les signes de tête séniles d'un vieux saule dont on n'aperçoit que le sommet titillé par le vent,
5. Les bourdonnements entrecroisés d'in-

sectes non identifiés qui passent sans s'arrêter – heureusement !

6. L'odeur lourde et entêtante du maïs chaud, qui nous fait penser au pop-corn.

– J'ai faim, gémit Eve.

– Moi aussi, dit Mathieu.

– Et moi alors ? dis-je, à l'unisson. J'ai abandonné mon repas pour venir te voir, Mathieu. Je n'ai eu que le temps d'avaler deux ou trois cuillerées d'avocat à la crevette, c'est tout.

– Avec de la mayonnaise ? demande Eve, extasiée.

– Oui, avec de la mayonnaise, dis-je avec grand regret.

– Arrêtez ! crie Mathieu. Ou je vais dévorer l'un de vous deux tout cru.

Ça nous fait rire et oublier un peu notre faim. Mais Mathieu poursuit, impitoyable :

– Vous auriez pu ramener de la nourriture en allant téléphoner.

– Je croyais que cette cavale allait se terminer très vite, Mathieu. Et quand j'ai compris que les gendarmes ne me croyaient pas, j'aime mieux te dire que je n'ai pas pris le temps de faire les courses.

– On pourrait grignoter des épis de maïs, suggère Eve.

– Crus ? je demande.

– On n'a qu'à allumer un petit feu pour les faire griller, continue-t-elle.

– C'est ça, un petit feu dans un champ bien sec comme celui-ci ! réplique Mathieu. Ça ferait vite un grand feu. Et c'est nous qui serions rôtis. (Puis, se tournant vers moi, il dit :) Puisque vous êtes écrivain, vous n'avez qu'à nous raconter des histoires pour nous changer les idées.

– Eh ! Justement ! Je suis écrivain, pas

conteur. Les histoires, je ne les invente pas comme ça, brusquement. J'ai besoin d'avoir une feuille de papier, mon stylo, et surtout de rêver de longs moments avant d'écrire quoi que ce soit.

– Vous mettez longtemps pour écrire un livre ? demande Eve qui, sûrement, n'a jamais entendu parler d'aucun de mes romans.

– Ça dépend. Quand je commence à écrire, cela peut aller très vite. Mais avant, c'est très long, plusieurs années parfois. Le temps que l'histoire se mette bien en place dans ma tête. L'histoire, et surtout les personnages. Parce qu'avant d'écrire il faut que je vive l'histoire pour chacun des personnages. Sinon, ils ne sont pas vivants.

– Vous avez écrit combien de livres ? demande à son tour Mathieu.

– Holà! Pas de ça, Lisette!

– Je ne m'appelle pas Lisette, dit Mathieu.

– Je sais, c'est une façon de parler. Ça veut dire: stop!

– Pourquoi?

– Parce que j'en ai assez de ce genre de questions. Dès qu'on commence à m'interroger sur mon métier d'écrivain, ça commence par «combien». Combien de livres j'ai écrits? Combien de temps j'ai mis à les écrire? Combien ça me rapporte? Etc. Et ça n'a aucun intérêt.

Malgré la chaleur, ma réplique jette un froid. Et je sens bien que Mathieu se force à poser la question suivante, pour se désennuyer:

– Vous avez déjà obtenu un prix? (Comme j'hésite, il ajoute en ricanant:) Combien de fois?

Cela nous fait rire tous les trois.

– Oui, j'ai obtenu un prix, une fois. Et c'était très drôle.

– Pourquoi ? demande Eve.

– Eh bien, c'était en fait un festival de cinéma. Il y avait plein de vedettes, de metteurs en scène, tout ça. Depuis plusieurs années, ils avaient décidé de décerner aussi un prix à un livre. Je ne sais pas pourquoi, parce que la littérature ne paraissait pas beaucoup les intéresser. Et il y a trois ans, j'ai décroché la timbale. Mais en arrivant là-bas, je me suis aperçu que tout le monde se fichait royalement de ce livre qui avait obtenu le prix de l'année. Les journalistes se précipitaient sur les vedettes de cinéma dès qu'ils apercevaient le bout de leur nez. Mais moi je pouvais passer au milieu d'eux sans qu'ils me voient. Et pourtant, exprès, j'avançais lentement ! Le plus marrant, ça a été un grand banquet donné en mon honneur. Imaginez une immense salle, avec des petites tables portant assiettes et couverts. Il y avait au moins trois cents invités. Et dans chaque assiette, mon livre. J'étais très impressionné, très honoré aussi. Encore plus quand j'ai vu, sur une scène, au bout de la salle, une immense reproduction de mon livre, en bois ou en carton. Seulement personne ne me connaissait, et moi je ne connaissais personne. Alors je ne savais pas où m'asseoir. J'ai fini par demander à l'une des personnes chargées de l'accueil. Mon nom ne lui disait rien, et elle s'occupait d'autre chose. J'ai demandé à une deuxième personne, mais cette fois, j'ai ajouté : « Il paraît que ce banquet est donné en mon honneur. » Là, elle a tiqué, m'a demandé de lui rappeler mon nom – qui ne lui disait toujours rien – et est allée parlementer avec un groupe de gens bien habillés et très souriants. A leur affolement, j'ai compris qu'on avait oublié de prévoir une place pour moi. Et quand j'ai vu qu'on faisait déplacer plusieurs personnes avant de me conduire solennellement à une table pleine de vedettes de cinéma, j'en ai eu la confirmation. Mais le plus drôle est arrivé plus tard. Quelqu'un est venu me chercher discrètement pour me conduire près de la scène. Il m'a dit : « On va bientôt déclarer que vous avez obtenu le prix. Vous devrez dire quelques mots. Ça ne vous gêne pas ? » Ça ne me gênait pas : j'avais préparé tout un discours. Mais j'ai tiqué quand il a ajouté : « Pour mettre un peu d'ambiance, on va faire comme dans les banquets américains. Vous allez monter discrètement sur scène, vous cacher derrière la maquette de votre livre, et, au signal, vous bondirez à travers. Ce sera spectaculaire. » J'ai balbutié : « Vous voulez que je passe au travers ? Mais c'est fabriqué avec quoi ? » Il a haussé les épaules : « Ce n'est pas moi qui m'en suis occupé. En papier fort, je suppose. » Prudemment, je suis allé vérifier. C'était en bois, bien solide, et il y avait même une poutre au milieu, pour rigidifier l'ensemble. Si j'avais essayé de bondir au travers, je me serais assommé. Spectaculaire, en effet !

Mathieu et Eve éclatent de rire ; et cette dernière demande :

– Vous ne vous êtes pas mis en colère ?

– Non, ça n'aurait servi à rien. Je me suis contenté d'en rire. Mais ce qui m'a rendu un peu triste, c'est de voir, après le banquet, que pas mal d'invités avaient abandonné sur la table le livre qui leur avait été offert. Ils n'étaient venus que pour manger.

Il y a un silence, et comme une corneille passe en croassant, nous levons les yeux vers le ciel. Il est déjà gris pâle, et le soleil, bas, se cache derrière les épis. Je dis :

– Si on y allait ?

10

Le soleil est en train de souligner l'horizon en rouge, là où les arbres griffonnent le ciel ; sans doute ont-ils commis quelque faute d'orthographe crépusculaire. La centrale nucléaire continue à fumer paisiblement ; on dirait que le vent a du mal à soulever les énormes ballots de vapeur blanc sale, au ventre rosi par les derniers rayons du soleil couchant, comme si une fournaise se cachait là-dessous. Attisée par le diable, sans doute.

Comme nous longeons silencieusement la Loire, nous entendons d'énormes poissons sauter et retomber avec un bruit de gifle mouillée. Ce sont les seuls bruits perceptibles depuis que nous avons quitté le bruissement feutré des sous-bois. Hormis, bien sûr, les gargouillis de nos estomacs affamés.

Mathieu s'arrête pour regarder les poissons faire leurs galipettes. Nous en faisons autant, bien contents de nous reposer un peu, car cela fait près d'une heure que nous marchons.

– L'été, quand il fait chaud, rêve Mathieu à haute voix, je pêche des fois le chevesne.

– C'est un poisson? demande Eve.

– Oui, un gros poisson, répond Mathieu. Il peut mesurer jusqu'à cinquante centimètres. Il a le ventre blanc et le dos un peu vert.

– Et il est plein d'arêtes!

J'ai ajouté mon grain de sel pour avoir l'air de savoir de quoi il retourne. En vrai, je n'ai jamais attrapé de chevesne. Mais j'ai toujours entendu dire que c'était plein d'arêtes.

– Peut-être, rétorque Mathieu. Mais cuit sur une pierre brûlante, en plein air, avec juste une pincée de sel, c'est délicieux. D'ailleurs j'ai un truc pour enlever les arêtes d'un seul coup.

A l'évocation de la nourriture, l'eau me vient à la bouche. Eve aussi réagit en se passant la langue sur les lèvres. Et pendant quelques secondes, nous faisons un vrai concert de gargouillements stomacaux.

– Je les attrape à la mûre, poursuit Mathieu. Une grosse mûre noire piquée sur l'hameçon. On la jette dans le courant, juste sous le nez du chevesne, et il fonce dessus.

S'il continue comme ça à parler de

choses qui se mangent, Mathieu, je sens que je vais défaillir. Alors je dis, un peu brusquement :

– Continuons. C'est encore loin ?

– Non, répond Mathieu ; juste après le coude de la rivière, il y a un chemin.

Bientôt, nous nous engageons sur le sentier qui serpente au milieu des broussailles. Il fait déjà très sombre et nous avons bien du mal à éviter les ronces. Enfin, j'aperçois une masse noire qui se découpe sur le fond du ciel.

– C'est là, dit Mathieu.

La ferme en question n'a pas du tout l'air d'être abandonnée. Les haies sont bien entretenues, la cour est propre, et les bâtiments ont l'air en bon état. Je demande, un peu inquiet :

– Tu es sûr que ce n'est pas habité, Mathieu ?

– Sûr à cent pour cent, non! Mais chaque fois que je suis venu rôder ici, il n'y avait personne.

La seule chose qui me rassure un peu, c'est qu'il n'y a de lumière nulle part.

Nous nous avançons vers la porte du bâtiment principal quand, soudain, je retiens Eve et Mathieu.

Je murmure:

– Attendez!

– Qu'est-ce qu'il y a? demande Mathieu.

– Vous ne sentez rien?

J'entends mes deux jeunes compagnons renifler, et Eve dit:

– Ça sent la fumée. Il doit y avoir un feu de bois dans les environs.

– Oui, et s'il y a un feu de bois, c'est qu'il y a quelqu'un dans le coin, dis-je.

– Pas forcément, réplique Mathieu à

mi-voix. La fumée, la nuit, on la sent de loin.

Il n'a pas terminé sa phrase que la porte s'ouvre brusquement. Une voix féminine crie :

– Qui est là ? Répondez ! ajoute la voix, affolée.

Nous restons tous trois figés sur place.

Soudain, il y a un léger déclic et une lampe électrique se braque sur nous. La voix féminine reprend :

– Qu'est-ce que vous fichez ici, tous les trois ? (Puis, brusquement hystérique :) Mais c'est le ravisseur d'enfants ! Au secours !

Sans cesser de crier, la femme se met à courir. Dans sa main, la lampe électrique tressaute et éclaire alternativement le sol, un mur, une haie ou un tronc d'arbre.

Un grand bruit. La lampe file tout

droit et s'éteint. La femme a dû trébucher et elle est tombée. Ses cris redoublent, de plus en plus aigus. Cela nous pique comme l'aiguillon du bouvier, et nous nous mettons à courir dans la direction opposée.

Des feuillages me fouettent le visage. Des ronces s'agrippent au bas de mon pantalon, et je manque sans arrêt de m'étaler. Très vite, nous ralentissons et nous nous arrêtons complètement. Essoufflé, je dis à Mathieu :

– Bravo pour ta ferme inhabitée ! C'était très réussi.

Il fait comme s'il n'avait pas entendu et déclare :

– Restez ici, ne bougez pas ! Je reviens tout de suite.

Et il disparaît dans la nuit.

– Où va-t-il ? demande Eve.

– Je n'en sais rien du tout. J'espère qu'il va revenir parce que je suis totalement perdu, ici.

Nous demeurons quelques instants silencieux, debout dans le noir, n'osant pas nous asseoir de peur de tomber sur un nid de ronces ou de chardons.

– C'est quand même bizarre, murmure alors Eve.

– Quoi?

– Cette femme, toute seule dans le noir.

– Oui, je trouve aussi. Mais il doit sûrement y avoir une explication. Peut-être qu'elle rêvait devant sa cheminée...

Nous n'avons pas le temps de faire d'autres suppositions, car Mathieu est de retour. Il a l'air de porter quelque chose.

– Qu'est-ce que c'est? demande Eve.

– Un panier, réplique Mathieu. Plein de nourriture.

Je m'exclame, réjoui :

– Ça au moins, c'est une bonne nouvelle ! (Et puis, prenant conscience de la situation, j'ajoute lugubrement :) On va pouvoir pique-niquer debout, au milieu des bois, et à tâtons.

– Non, dit Mathieu. Je connais un autre endroit. J'y ai pensé en retournant à la ferme.

– J'espère que ta nouvelle idée est meilleure que la précédente, dis-je, d'un ton grinçant.

– Oui, là il n'y a pas de risques. C'est un gîte de chasseurs. Et la chasse n'est pas encore ouverte.

– D'accord. Je te fais confiance. Vas-y, on te suit.

Et nous nous enfonçons tous trois dans le noir.

11

Il faudra que je vérifie dans mon guide Michelin si par hasard ce gîte de chasse n'y figure pas, avec trois étoiles. Car il est vraiment confortable.

Quand nous y sommes arrivés, une bonne tranche de lune se mit à jouer son rôle de lampadaire nocturne, ce qui nous permit tout de même de constater qu'il n'y avait effectivement personne ; contrairement à la ferme précédente.

Mathieu savait où était cachée la clé. Il savait aussi où trouver le compteur électrique. J'ai demandé :

– Tu ne penses pas que c'est imprudent d'allumer ?

– Pensez-vous ! Nous sommes loin de tout ici. Il n'y a que depuis un avion ou un hélicoptère qu'on risque de nous voir. Et puis ça permettra d'avoir de l'eau chaude.

Nous avons trouvé, tout préparé dans la cheminée, de quoi faire une bonne flambée d'automne. Là encore, j'avais craint que la fumée ne nous trahisse, mais c'est Eve qui a insisté pour allumer le feu. Avec un argument incontournable : « J'adore les feux de bois. »

Elle a eu raison d'insister. Car dans le panier rapporté par Mathieu, nous avons trouvé des chipolatas et des côtes de porc que nous avons fait griller sur les braises. Un délice. D'ailleurs, dans le panier, il y avait pratiquement un repas complet pour trois personnes.

Après le repas, nous sommes passés aux ablutions. Dans la minuscule salle d'eau, j'ai pris une longue douche tiède – l'eau du ballon électrique n'avait pas encore eu le temps de chauffer suffisamment. Dans l'armoire de toilette, j'ai trouvé un paquet de rasoirs jetables et une bombe de mousse. Je me suis rasé avec volupté. J'ai aussi trouvé du dentifrice, et une bonne douzaine de brosses à dents neuves encore dans leur emballage de plastique. Une aubaine!

«A votre tour!» ai-je dit à mes deux lascars, en tendant à chacun une brosse à dents, quand je suis sorti, pomponné, de la salle d'eau. Eve est allée faire sa toilette en rechignant. Manifestement elle ne faisait pas montre d'un amour immodéré pour l'eau, le savon et le dentifrice. Mais Mathieu ne s'est pas fait prier pour prendre sa succession.

A présent, nous sommes tous les trois assis dans la salle commune; devant la cheminée où, après le repas, nous avons mis quelques bûches trouvées dans un appentis voisin. Il fait bon. Mathieu et Eve lisent chacun un livre. Ils ont l'air parfaitement détendus, pas le moins du monde inquiets. Moi, je médite. Je me demande comment nous allons réussir à nous tirer de cette situation. Je ne sais pas pourquoi, mais pas mal de choses me semblent bizarres. Je n'ai pas eu le temps d'y penser pendant notre cavalcade. Mais à présent, si. D'abord, comme l'a remarqué Eve, que faisait cette fermière, toute seule dans le noir? Ensuite, où Mathieu a-t-il trouvé le panier plein de victuailles? Quand la fermière nous a pris dans le faisceau de sa lampe, moi je n'ai pas remarqué de panier. Il est vrai que j'avais d'autres préoccupations. Et puis je trouve ce gîte de chasse bien trop confortable pour des fuyards. Comme si le comité d'initiative de la ville de Beaugency avait tout préparé pour nous être agréable.

Je regarde Mathieu avec suspicion. Je me demande si, depuis le début, il ne m'a pas monté le coup. S'il n'a pas des complices qui l'aident discrètement. Mais je ne vois vraiment pas ce qu'il cherche, alors. Me porter malheur, comme il l'a dit lors de notre première rencontre? Pour l'instant, je n'ai pas l'impression d'être particulièrement malheureux. Sauf, bien sûr, que je suis recherché par les gendarmes et par toute la population! Accusé de vol et d'enlèvement. Et qu'on m'a tiré dessus! Je repense à ces coups de fusil et, les yeux fermés, essaie de reconstituer la scène. Là aussi il y a un détail bizarre, mais je n'arrive pas à mettre le doigt dessus.

Je regarde de nouveau Mathieu. Il lit tranquillement, un léger sourire aux lèvres; son livre doit être agréable. Je demande:

– Qu'est-ce que tu lis?

Il finit sa page, lève les yeux sur moi et me tend son livre. Cela s'intitule «Mémé Verdun». Je n'en ai jamais entendu parler.

– Tu l'as trouvé ici?

Je n'ai pas remarqué de coin bibliothèque dans ce gîte de chasse.

– Non, répond-il, j'ai toujours un livre avec moi. Celui-ci vient de la bibliothèque municipale.

Cela me fait penser à Fernand Moulin. A la surprise qu'il devait me faire. Le pauvre! Sa petite surprise risque de me décevoir, comparée à la grosse surprise que j'ai eue avec toute cette aventure. Si je m'en tire!

Machinalement, je feuillette le livre, regardant les images. A la fin, collée sur la dernière page, il y a une fiche confirmant que le livre provient bien de la bibliothèque. Sur cette fiche, une colonne de nombres écrits à la main, chacun suivi d'une date inscrite au tampon. Le dernier nombre est 1515. Facile à se rappeler! C'est Marignan! La date est le 17 septembre, dans deux jours.

Soudain, j'ai une idée.

– Mathieu, est-ce que par hasard tu aurais ta carte de bibliothèque sur toi?

– Non, dit-il trop vite. Et j'ai même l'impression qu'il a un peu rougi.

Est-ce qu'il mentirait par hasard? Je ne comprends pas pourquoi, alors.

– Moi je l'ai, dit Eve.

Elle fouille dans la poche arrière de son jean, et en sort une carte jaune froissée.

– Donne-moi aussi ton livre, dis-je.

Elle me le tend. Je regarde la fiche à la fin. Le dernier nombre inscrit est 1223. Je vérifie sur la carte d'Eve. C'est le même numéro. Alors je regarde le nombre précédent : 770 ; et la date figurant à côté me révèle que le livre a dû être rendu avant-hier.

– Qu'est-ce qu'il y a ? demande Eve, intriguée par mon sourire soudain.

– J'ai trouvé quelque chose.

– Quoi ? demande Mathieu.

– Le nom de la personne qui avait le livre avant Eve. Ou du moins presque son nom. Il s'agit de madame ou monsieur 770.

Ils n'ont pas l'air très étonnés.

– Bien sûr! C'est la première chose que j'ai regardée en trouvant le message dans le livre, dit Eve, comme si c'était une évidence.

J'ai l'air malin.

– Eh bien ce n'est pas le numéro d'inscription de Mathieu, dis-je. Lui, c'est le 1515.

– Ça, je l'ignorais, dit Eve. Je ne connais pas par cœur le numéro d'inscription de tous les habitants de Beaugency.

Je me renfrogne.

– Qu'est-ce que vous comptez faire? demande Mathieu.

«Vous»? Comment ça «vous»? Nous sommes tous les trois dans le même bain, il me semble.

Alors je réplique:

– Qu'est-ce que tu proposes?

– Il faut trouver l'assassin, non? C'est toujours comme ça que ça se passe dans les romans policiers.

Je suis bien placé pour savoir qu'il dit vrai. Et qu'il se moque sans doute de moi.

– D'abord, il n'y a pas d'assassin, dis-je. Et je te rappelle qu'Eve n'a pas été enlevée. Et que tu n'es pas mon complice.

– Ah bon!

Son regard pétille. Je suis sûr qu'il s'amuse de la situation.

– En fait, dit Eve, il y a juste eu de l'argent volé.

– Et la mère Garambault a reçu un bon coup de tuyau sur la tête, ajoute Mathieu, gaiement.

Un rien l'amuse, ce petit! Mais soudain, je demande:

– Comment sais-tu qu'elle a été assommée avec un tuyau ?

Mathieu cesse de sourire, avale sa salive, et répond :

– Mais c'est vous qui me l'avez dit, en racontant l'agression.

Je ne me souviens pas avoir donné ce détail. Mais j'étais tellement ému, qu'il a peut-être raison.

– Alors, qu'est-ce qu'on va faire ? demande Eve à son tour.

J'apprécie. Parce qu'elle au moins a conscience que nous sommes embarqués dans la même galère. Je regarde ma montre. Il est plus de minuit.

– Pour l'instant, dis-je, on va aller dormir.

– Mais est-ce que vous avez au moins une piste ? demande Eve.

Une piste ? Ce mot me tourne dans

la tête tandis que j'essaie de m'endormir. Une piste. Mais oui... ce doit être ça! Et je sombre dans le sommeil.

12

Il est près de onze heures quand je me réveille. Une lumière bleutée passe par les petites fenêtres du gîte, découpant sur le sol une sorte de marelle brillante. Les oiseaux s'en donnent à cœur joie dans les arbres environnants. On dirait bien qu'ils ont organisé une kermesse d'automne. Le feu s'est éteint, mais son odeur est encore très présente. Je regarde autour de moi : personne !

Je me redresse, un peu inquiet. J'espère qu'Eve et Mathieu n'ont pas décidé de me laisser tomber. Mais j'aperçois leurs livres abandonnés, ouverts, près de la cheminée, et cela me rassure. Je ne conçois pas qu'on puisse partir en laissant un roman inachevé. Ils vont revenir.

Je me lève, fais un brin de toilette, et fouille dans les placards. J'avalerais bien un bon café chaud. Mais cet article ne figure pas au catalogue.

La porte s'ouvre et mes deux lascars entrent, radieux. Eve pose sur la table le panier. Je me penche pour voir ce qu'il contient : des mûres noires et des noisettes rousses.

– Voilà le petit déjeuner, dit joyeusement Eve.

Ça n'a rien à voir avec le café – hormis la couleur des mûres –, mais c'est frais et revigorant. Mathieu est allé chercher deux pierres dehors, pour casser les noisettes, et les craquements se succèdent, interrompant chaque fois la kermesse des oiseaux, inquiets, qui attendent quelques secondes avant de reprendre leur tapage.

La bouche pleine de miettes laiteuses et de jus sucré, je dis :

– Hier soir, j'ai pensé à un truc. Grâce à un mot que tu as dit, Eve.

– Ah oui ? dit-elle d'un air étonné. Lequel ?

Elle a une petite moustache noire, et quand elle parle, sa langue aussi est noire. Ses cheveux, qu'elle avait défaits la veille au soir pour faire sa toilette, sont de nouveaux tressés en deux courtes nattes blondes qui se dressent sur sa tête. Cela lui donne un petit air diabolique qui lui va à ravir.

– Le mot « piste ». Le message que tu as trouvé dans le livre m'a rappelé le genre d'énigmes qu'on invente quand on prépare un jeu de piste.

– C'est vrai ! s'exclame Mathieu. Alors le mystérieux 770 préparerait un jeu de piste ?

Il a la bouche bourrée de noisettes et j'ai du mal à comprendre ce qu'il dit. Ça lui gonfle les joues et lui donne l'air d'un gros bébé heureux de vivre.

– Pourquoi pas ? dis-je. Il aurait pu avoir une idée d'énigme en lisant ce livre, l'inscrire aussitôt sur son marque-page, et l'oublier en rendant le livre.

– Et après, il serait allé voler l'argent de la mère Garambault et l'aurait caché à l'endroit indiqué sur le message ? dit Eve d'un air dubitatif.

– Non ! Je ne crois pas qu'il soit dans le coup. Je pense plutôt que la mère Garambault essaie d'escroquer sa compagnie d'assurances. D'ailleurs, la somme qu'elle a déclarée volée ne correspond pas avec celle que nous avons trouvée. Et dans ce cas, c'est normal qu'elle cache l'argent hors de chez elle, car les gendarmes risquent de fouiller sa maison, s'ils soupçonnent quoi que ce soit.

– Mais elle ne s'est quand même pas donné un coup sur la tête toute seule! rétorque Mathieu.

– Tu sais, le ketchup, cela peut servir à assaisonner bien des choses, y compris de fausses blessures sanglantes. Et je suppose que, comme partout, on en trouve dans toutes les épiceries de Beaugency.

Mathieu insiste:

– Les gendarmes s'en seraient aperçus; ça sent la tomate et le poivre. Et puis ils l'ont sûrement fait soigner.

– Elle a pu trouver un truc, dis-je.

– Mais pourquoi aurait-elle caché l'argent à l'endroit indiqué sur le message de 770 ? demande Eve.

– Ça, je n'en sais rien. Mais on peut supposer que c'est la mère Garambault qui lui a parlé de cette cachette, il y a un certain temps, et qu'il y a repensé en préparant son jeu de piste. Cela, c'est un détail qu'on peut vérifier.

– Alors, qu'est-ce qu'on fait ? interroge Mathieu.

– On attend la nuit, et on va cambrioler la bibliothèque pour trouver le nom de 770, dis-je.

Eve et Mathieu me dévisagent, effarés. Puis Eve rompt le silence :

– Je connais quelqu'un qui travaille à la bibliothèque. Je peux essayer de lui téléphoner. Ce sera quand même plus facile !

– Non ! Je tiens à aller moi-même vérifier quelques détails.

J'ai dit cela en souriant mystérieusement. Mes deux jeunes compagnons n'ont pas l'air particulièrement enthousiasmés par mon projet. Je les sens même un peu apeurés.

– Mais comment va-t-on y entrer, dans la bibliothèque ? demande Mathieu. On ne va quand même pas forcer la porte. Ça ferait du bruit.

– On va entrer avec les clés.

– Vous avez les clés de la bibliothèque ! s'exclame Eve, stupéfaite.

– Pas encore, mais je sais où les trouver : dans le coffre-fort de la mairie.

Alors là, ils doivent penser que je suis carrément tombé sur la tête pendant qu'ils ramassaient des mûres et des noisettes. Leur air soupçonneux me fait rire. Alors je m'explique :

– Hier, on m'a fait visiter la mairie.

Et quand j'ai vu le coffre-fort, j'ai plaisanté avec l'adjoint au maire. Je lui ai demandé la combinaison et il m'a répondu que je n'avais qu'à la trouver moi-même, en précisant: « C'est un nombre à quatre chiffres. » Il a eu l'air effaré quand je lui ai dit: «Je parie que ce sont les quatre premiers chiffres du numéro de téléphone de la mairie. » C'était bien ça.

– Comment avez-vous fait pour deviner? demande Eve.

– Oh! je n'ai aucun mérite, j'ai déjà souvent joué à ce petit jeu. Et je me suis aperçu que, presque toujours, quand plusieurs personnes ont accès au coffre, la combinaison est facile à se rappeler pour eux. Une fois sur deux, c'est le début du numéro de téléphone. Une fois sur deux une date comme 1515 ou 1789.

– Vous feriez un bon cambrioleur, dit Mathieu.

– Oui, tu vois. Je n'ai pas besoin d'agresser les vieilles dames. Remarque qu'il n'y a presque jamais d'argent dans ces coffres accessibles à tous.

– Et la porte de la mairie ? demande Eve.

– Oh ! c'est une serrure toute simple. Je l'ai remarquée en partant, après l'histoire du coffre-fort. Un bout de fil de fer tordu suffira.

Estomaqués qu'ils sont, mes deux lascars. Et franchement inquiets cette fois. Alors, pour les rassurer, je dis :

– Ne vous en faites pas, il n'y a aucun risque. Et nous irons cette nuit, quand tout le monde dormira.

– Quand même ! s'exclame Eve, mais elle n'achève pas.

Il y a eu du bruit dehors. Nous nous taisons. L'oreille aux aguets. Lentement, je vais vers la fenêtre la plus proche. J'ai juste le temps d'apercevoir une queue touffue, rousse, qui disparaît vivement dans les fourrés. Je m'exclame :

– Un renard ! Je n'en avais jamais vu.

– Forcément, d'habitude ils ne sortent que la nuit, dit Mathieu d'un ton d'évidence.

– Pas celui-là ! Il n'avait sans doute pas fini de faire ses courses.

13

L'après-midi est déjà avancée quand Eve revient. Elle a, sous un bras, un pain croustillant, et porte un sac en plastique qui paraît lourd.

Comme nous avions de nouveau faim, elle a proposé d'aller acheter de quoi manger. J'étais réticent, mais Mathieu m'a dit qu'il y avait un petit village à deux ou trois kilomètres, avec un café-épicerie. J'ai hésité, mais mon ventre avait de bons arguments pour me convaincre. Alors j'ai tendu de l'argent à Eve, en lui demandant de se dépêcher.

– Voilà ! dit-elle. Un kilo de pommes, un kilo de poires, du beurre, du jambon et un saucisson à l'ail.

Un vrai festin. L'odeur du saucisson me chatouille déjà agréablement les narines.

– J'ai pris aussi le journal, ajoute Eve en me jetant un regard en coin.

Et elle me tend *La République*, qu'elle vient de sortir du sac en plastique. Je m'empare du quotidien local, le déplie, et sursaute. J'ai droit à la première page. En gros titre : LE RAVISSEUR COURT TOUJOURS.

En dessous, une photo de moi. La même qui a servi pour l'exposition artisanale de la bibliothèque municipale.

Je me laisse tomber sur le banc solidaire de la table rustique, et lis l'article d'un trait. Je me sens pâlir. C'est le portrait d'un monstre qu'il trace.

Je suis bien entendu accusé d'avoir enlevé Eve, mais aussi de séquestrer Mathieu. Le rédacteur a inventé une histoire rocambolesque : j'aurais paraît-il un moyen de pression sur Mathieu, ce qui m'aurait permis de l'obliger à voler les économies de Marcelline Garambault. Le garçon aurait été surpris par l'arrivée de cette dernière et se serait affolé. Mais ce serait moi qui, dissimulé dans l'ombre, aurais tenté d'assassiner la victime pour qu'il n'y ait pas de témoin.

Je bougonne d'un air fâché :

– Assassiner ! Assassiner ! Elle n'est pas morte, que je sache, la mère Garambault !

Eve et Mathieu, me sentant excédé par les élucubrations de la presse, se gardent bien de me poser la moindre question. D'ailleurs, si j'en juge à son air, Eve a déjà lu l'article.

Je poursuis cette déprimante description. Le rédacteur se lamente sur le sort des deux enfants, et prie le ciel que je ne sois pas pris d'une nouvelle crise de folie meurtrière. Il ajoute qu'il a consulté des psychiatres, et que ceux-ci n'ont pas paru étonnés. Quand on décrit des choses aussi horribles que celles que j'invente dans mes romans policiers, rapporte-t-il, cela finit par déteindre sur la personnalité. Et parfois *« les plombs sautent »*, c'est écrit en toutes lettres.

Je me lève brusquement, furieux, puis me rassois. Je viens de voir un second titre sous l'article précédent :

UNE NOUVELLE VICTIME DE CHRISTIE SPIVAC

C'est la fermière surprise la nuit dernière qui est allée raconter aux gendarmes que je l'avais agressée sauvagement, après avoir enfermé les deux enfants dans une porcherie. Ce dernier détail semble ravir le journaliste tant il est horrible! *« Dans une porcherie! Comme des bêtes! »* s'exclame-t-il.

La fermière a déclaré que je l'ai torturée pour lui faire avouer où elle cachait ses économies. Mais qu'elle a réussi à s'enfuir, poursuivie par moi *« hurlant et bavant de rage »*. Elle en est quitte pour une cheville foulée et une bonne jaunisse, paraît-il.

Je n'en reviens pas. Je hurle et je bave de rage intérieurement. Comment peut-on inventer de pareilles balivernes et convaincre gendarmes et journalistes que c'est la pure vérité? J'ai les dents serrées, les poings crispés. Il vaudrait mieux que la fermière en question ne me tombe pas sous la main, ces temps-ci!

– Qu'est-ce qu'ils disent? se décide alors à demander Mathieu.

Sans un mot, je lui tends le journal. Il lit les deux articles d'un trait et s'exclame :

– Ben dites donc ! Vous voilà frais !

*

*   *

La faim l'a emporté. J'ai fini par me faire un sandwich au jambon et un autre au saucisson. Ça m'a calmé.

Eve et Mathieu ont repris leurs livres. Moi, le journal. J'évite soigneusement la première page qui me ferait rager de nouveau, et découvre tous les petits événements de la vie d'une région : les mariages, les médaillés du Mérite agricole, les foires aux bestiaux... Une pleine page est consacrée au Salon du livre de Beaugency qui doit s'ouvrir le surlendemain. J'y suis présenté comme l'invité vedette de l'année. Et l'article est illustré par la même photo qu'en première page, mais en tout petit. Aucune allusion à mes soi-disant méfaits. Curieux ! Mais je suppose que la page a été réalisée avant mon arrivée. Et qu'ils n'ont même pas songé à la changer.

Une autre photo, en couleurs, attire mon attention. Celle du paralytique qui a fait fuir Fernand Moulin, la veille. Assis dans son fauteuil roulant, un magnifique chat blanc sur les genoux, il sourit. C'est curieux, car à le voir foncer sur ma voiture, hier, je ne l'imaginais pas capable de sourire. La photo est légendée : *« Une personnalité marquante de Beaugency »*. Dans l'article qui l'accompagne, j'apprends qu'il s'appelle Léon Hurlevent, qu'il a été dompteur, et que les tigres ont eu le dernier mot. Ou plutôt le dernier geste. Ce qui lui a ôté l'usage des deux jambes. Il s'est retiré à Beaugency, d'où sa mère était originaire.

Je demande :

– Vous connaissez Léon Hurlevent ?

– L'espèce de dingue en fauteuil roulant ? demande Eve.

– Oui, c'est ça.

Je regarde Mathieu. Il n'a pas bronché, comme s'il n'avait pas entendu. Mais j'ai l'impression qu'il s'est crispé, et qu'il fait semblant de lire, maintenant. Alors j'insiste :

– Et toi, tu le connais, Mathieu ?

Il lève les yeux sur moi. Son regard est inexpressif, comme s'il se contrôlait – ou se désintéressait de la question.

– Tout le monde le connaît !

– Quel rapport y a-t-il entre Léon Hurlevent et le bibliothécaire Fernand Moulin ?

Eve se met à rire, et dit :

– Le vieux fou ne peut pas le sentir. A cause des escaliers.

Je la dévisage, interloqué. Alors elle explique :

– A l'entrée de la bibliothèque, il y a un escalier. Les livres sont au premier. Alors Léon Hurlevent ne peut pas y accéder avec son fauteuil roulant. Il râle sans arrêt à cause de ça. Il a même fait signer une pétition. Et dès qu'il voit le bibliothécaire, il lui fonce dessus pour l'engueuler.

– Mais il n'y est pour rien, ce pauvre Moulin, dis-je.

– Bien sûr ! s'exclame Eve. Mais c'est lui qui trinque. Je crois même qu'il a proposé à Hurlevent de lui choisir des livres et de les lui apporter, mais le vieux a refusé.

Cela m'explique pourquoi le bibliothécaire est parti presque en courant quand il a aperçu le fauteuil roulant et son passager.

Mathieu se lève et va allumer la lumière. Je regarde ma montre. Bientôt sept heures.

– On peut commencer à préparer notre expédition, dis-je.

14

– J'ai un caillou dans ma chaussure, murmure Eve.

Nous nous arrêtons pour lui donner le temps d'affronter ce grand malheur.

Depuis que nous sommes partis du gîte de chasse, j'ai l'impression qu'Eve et Mathieu traînent des pieds, et trouvent n'importe quel prétexte pour me retarder. A croire qu'ils ne sont pas vraiment d'accord avec ce que je compte faire cette nuit !

Nous avons longé la Loire un bon moment, puis pénétré dans Beaugency par la rue des Caves. Eve et Mathieu se contentent de me suivre sans me donner la moindre indication. A moi de me débrouiller! C'est la première fois que je les sens si réticents.

Je tourne un moment en rond dans un drôle de quartier peuplé de H.L.M., où toutes les rues semblent se couper deux ou trois fois. Puis je reconnais la rue de la Croix-Nas. Je jette un coup d'œil à Mathieu, pour voir s'il se rappelle l'épisode des douze chats et demi cirés en noir. La tranche de lune est plus grande qu'hier soir, et éclaire bien son visage. Il paraît renfrogné. Eve n'arbore pas une mine plus réjouie. La lune semble avoir une préférence pour les taches de rousseur de la gamine, qui ressortent parfaitement dans la pénombre de son visage boudeur.

Soudain, mon regard se braque sur Mathieu. Un souvenir vient de me traverser l'esprit : le gamin aux chats noirs avait aussi des taches de rousseur, comme Eve. J'avais même remarqué qu'au-dessus du foulard qui lui masquait le visage, les taches dessinaient presque la Grande Ourse. Mais Mathieu, lui, a le visage lisse. Uniformément éclairé par la lueur précaire qui vient de là-haut.

Je ne dis rien mais cela me donne à penser. Je réserve mes questions et mes commentaires pour plus tard.

Toujours suivi par mes deux compagnons réticents, je traverse une large allée sableuse bordée d'arbres, le Mail, je crois, et m'engage dans les petites rues du centre ville. Bien entendu je me perds. Rue des Loups, à droite... Rue des Chevaliers, à gauche... Puis à droite dans une rue dont je ne parviens pas à lire le nom, car la plaque est dans une zone sombre. J'aboutis enfin à la rue de la Souricière, la bien nommée, car c'est une impasse.

Je m'immobilise. Tout est silencieux. Presque tout le monde dort, sans doute, car je n'ai pas remarqué beaucoup de fenêtres éclairées le long des rues. Il ne doit pourtant pas être beaucoup plus de dix heures.

Je me tourne vers Mathieu et Eve. Ils ont un petit sourire moqueur au coin des lèvres. C'est vrai que ce n'est pas très malin de préparer un casse et de n'être pas fichu de trouver son chemin. Brusquement, je dis :

– Bon ! ça suffit vous deux ! Maintenant je ne joue plus. Conduisez-moi à l'hôtel de ville.

Eve hésite, puis se décide à prendre

la direction des opérations. En quelques minutes, nous sommes devant la mairie. Je me reconnais à présent. Mais il n'y a rien de tel que la nuit pour égarer les souvenirs et changer les proportions.

Je m'approche de la porte et sors de mes poches les deux instruments indispensables : une petite torche électrique trouvée dans le gîte et un morceau de gros fil de fer dont j'ai tordu l'extrémité en le coinçant dans une porte.

– Allez surveiller plus loin si personne n'approche. Je sifflerai doucement pour vous prévenir quand j'aurai ouvert la porte.

En fait, ils ont à peine le temps de s'éloigner. Mon passe-partout improvisé, introduit dans la serrure, fait merveille. Je tâtonne à peine, sens que j'accroche le mécanisme, et tourne avec précaution. La tige ripe une première fois. Je recommence. Cette fois j'entends un déclic, et la porte s'ouvre.

Je siffle doucement. Eve et Mathieu me rejoignent aussitôt. Nous entrons, et je referme la porte sur nous. J'allume la torche et dirige la lueur vers le sol pour qu'on ne l'aperçoive pas trop de l'extérieur par les fenêtres.

– Le coffre est par ici, dis-je.

Nous traversons la grande salle où la petite réception en mon honneur a eu lieu et, sans hésiter, j'entre dans un bureau. Le coffre massif, sombre, est tapi dans un angle. La poignée et les deux boutons de cuivre accrochent la lumière de ma torche.

– Bon, dis-je, il n'y a plus qu'à trouver le numéro de téléphone de la mairie. Il doit figurer sur des tas de papiers.

Nous nous mettons à chercher tous les trois. Cette fois, plus de réticence de la part de mes deux jeunes compagnons. Je sens qu'ils ont hâte d'être sortis d'ici. C'est Eve qui, d'un tiroir, extrait une liasse de papiers à en-tête.

– C'est écrit ici, dit-elle.

Je m'empare d'une feuille, m'approche du coffre-fort, m'accroupis devant, comme doit le faire tout cambrioleur chevronné, et compose les quatre premiers chiffres du numéro de téléphone : 38 20. Clic, clic, clic ; je positionne le second bouton sur le deux. Huit petits déclics. Je positionne le second bouton sur le trois. Clic, clic. Et pour la quatrième position, je laisse le premier bouton en place : zéro. Je bascule la manette, tire sur la porte du coffre. Elle ne s'ouvre pas. Peut-être ai-je fait une erreur dans mon décompte. Je recommence plus lentement: 3, 8, 2, 0. Le coffre reste obstinément fermé.

– Ça ne marche pas! dit Mathieu, d'un air réjoui.

– On ferait mieux de s'en aller, alors, renchérit Eve, qui a hâte de quitter les lieux, et paraît bien contente aussi que mon cambriolage échoue.

– Attendez! dis-je d'un ton ferme.

Ils s'immobilisent, mais leur expression impatiente m'avertit que ça ne durera pas longtemps.

Je réfléchis. Je suis pourtant sûr que la combinaison a quelque chose à voir avec le numéro de téléphone. Les quatre derniers chiffres, peut-être. J'essaie. Ça ne fonctionne pas davantage.

Je me mets à marcher de long en large en repassant dans ma tête le film de ma conversation avec l'adjoint au maire. Ma lampe éclaire les murs, les panneaux d'affichage, les affiches. Soudain, je m'arrête devant une vieille circulaire punaisée au mur, et je m'exclame, d'un ton convaincu :

– Que je suis bête !

Je m'accroupis de nouveau devant le coffre, compose : 20 56, bascule la manette, et la porte s'ouvre silencieusement.

Je me tourne vers Eve et Mathieu. J'explique :

– Je n'avais pas pensé que cette combinaison doit être en place depuis longtemps. A cette époque, les numéros de téléphone n'avaient que six chiffres. C'est plus tard qu'on a rajouté les deux chiffres du département devant.

J'éclaire l'intérieur du coffre. Il n'y a là que des papiers. Au fond, sur des crochets collés à la paroi, une bonne vingtaine de trousseaux de clés. Heureusement, chaque trousseau porte une étiquette. Je m'empare de celui où est indiqué « bibliothèque ».

– Voilà ! dis-je. Maintenant, on va à la bibliothèque municipale.

Je referme le coffre et nous nous dirigeons vers la rue. Avant d'ouvrir la porte, j'éteins ma lampe. Puis j'entrouvre légèrement le battant et jette un coup d'œil à l'extérieur. Personne !

– Nous pouvons y aller, dis-je.

Je tire soigneusement la porte de l'hôtel de ville sur moi, après être sorti. Pour ne pas tenter les cambrioleurs !

15

Je sais où aller cette fois, et file tout droit vers la bibliothèque, suivi d'assez loin, à contrecœur semble-t-il, par mes deux ombres.

Je tourne le coin de la rue et aperçois la bibliothèque, dont la porte est éclairée par un réverbère tout proche. Il faudra faire vite pour entrer! Je m'apprête à m'élancer quand, du coin de l'œil, je saisis un mouvement. Je tourne vivement la tête et n'ai que le temps de distinguer un éclair blanc qui se réfugie aussitôt dans l'ombre. Ouf! Ce n'est qu'un chat, pas un gendarme. Ni même un fantôme, d'ailleurs, malgré la proximité de la bibliothèque hantée.

Eve et Mathieu finissent par me rejoindre. Ils traînent vraiment les pieds, ces deux-là ! Et en plus, ils ne disent pas un mot. J'aurais mieux fait de venir seul. Sauf que je ne serais sans doute jamais parvenu à trouver la mairie.

– Allons-y, dis-je. Et faites attention, c'est éclairé comme en plein jour.

Je m'élance dans la lumière, suivi par mes acolytes. Mais je ne suis même pas parvenu sur le trottoir d'en face quand j'entends un énorme éternuement. Je sursaute et me retourne, furibond. C'est Mathieu ! Il choisit le bon moment pour s'enrhumer !

Je recule vivement dans l'ombre mais Mathieu reste au milieu de la rue, sous le réverbère. Il a un doigt sous le nez et s'efforce de retenir un second éternuement dévastateur.

– Reviens par ici, dis-je à mi-voix.

Et je lui fais un signe impérieux de la main.

Il acquiesce, mais un nouvel éternuement lui rejette la tête en arrière. Je trépigne littéralement sur place, et surprends un sourire sur les lèvres d'Eve.

– Ça t'amuse, toi?

– Ben, c'est plutôt drôle, non?

C'est vrai que, vu sous un certain angle, c'est plutôt drôle.

Mathieu a fini d'éternuer. Il tire un mouchoir de sa poche et revient vers nous. Je murmure:

– Si tu te mouches, fais-le au moins discrètement.

Nous restons cachés un moment dans

l'ombre pour voir si ces violents éternuements n'ont pas réveillé la curiosité de quelqu'un. Mais rien ne bouge. Alors, à pas lents cette fois, nous traversons la flaque de lumière.

Au milieu de la rue, je glisse sur quelque chose et manque bel et bien de m'étaler. J'entends Eve pouffer. Décidément, quand elle ne boude plus, elle prend plaisir à tout !

En me penchant sur ce qui m'a fait glisser, je grogne :

– Qu'est-ce que c'est que ce truc ?

Eve dit :

– C'est tombé de la poche de Mathieu quand il a tiré son mouchoir.

Je ramasse l'objet et le regarde de près. C'est un bout de lard fumé. Comme on en met dans la potée pour lui donner du goût. Je regarde Mathieu et lui demande :

– C'est à toi?

Dans la lumière blanche du réverbère, Mathieu se met à rougir comme je ne l'ai encore jamais vu le faire.

– Eh bien, qu'est-ce qui t'arrive?

Il ne répond pas, hausse les épaules, prend le morceau de lard que je lui tends, et le remet dans sa poche.

Eve susurre:

– Ce doit être pour calmer une petite faim soudaine. Et il ne voulait pas nous dire qu'il cachait des provisions. Ça a sûrement meilleur goût que le chewing-gum.

Mathieu reste muet.

– Si tu comptes vraiment déguster ton lard, Mathieu, je te préviens honnêtement que j'ai marché dessus, dis-je d'un ton sarcastique.

Et je m'approche de la porte de la bibliothèque.

C'est quand même plus facile d'entrer quand on a les clés. J'allume aussitôt la torche et, à la queue leu leu, nous montons l'escalier.

Au premier étage, il ne fait pas sombre du tout. La lumière du réverbère entre par la fenêtre du bout, éclairant quelques rayonnages, le bureau et les fichiers. Je regarde autour de moi.

– Qu'est-ce qu'on fait? demande Eve.

– On va rester ici un bout de temps. J'ai plusieurs choses à vérifier. Vous deux, postez-vous derrière les fenêtres du fond, et surveillez bien l'extérieur. Je ne voudrais pas qu'on nous surprenne.

Ils m'obéissent sans rechigner. Dès qu'ils sont occupés ailleurs, j'ouvre les tiroirs et trouve facilement le registre. Je parcours la liste des numéros d'inscription et m'arrête sur quelques noms.

Puis je me mets à fureter dans les rayonnages. Je suis à peu près sûr qu'il y a une collection de journaux quelque part. Effectivement, je la découvre vite : plusieurs grosses reliures contenant chacune trois mois de *République*. Je prends la première reliure, l'emporte sur le bureau éclairé par le réverbère, et commence à feuilleter les journaux. Puis je la rapporte, en prends une autre, et recommence le même manège. Au bout d'une demi-heure, j'en sais suffisamment.

Mathieu demande alors :

– Il y en a encore pour longtemps ?

– Non, j'ai presque terminé. On va passer des coups de fil à présent. Trouve-moi un annuaire.

Pendant qu'il cherche, je fais le tour de la bibliothèque en braquant ma torche sur tous les recoins, vers le sol, vers le plafond.

– J'en ai trouvé un, dit Mathieu.

– Bon! Alors cherche le numéro de téléphone de Lucien Lutz.

– Qui est-ce? demande Eve, en se rapprochant de nous.

– C'est le mystérieux 770. On va lui poser quelques questions.

– A cette heure-ci? demande-t-elle d'un air effaré.

– Ben quoi! Il n'est même pas minuit!

Lucien Lutz décroche presque aussitôt, comme s'il attendait un appel. A moins qu'il ne dorme avec son téléphone sous l'oreiller.

– Excusez-moi de vous appeler à cette heure-ci, dis-je, mais il y a urgence. J'ai besoin de renseignements que vous seul détenez.

– Qui êtes-vous ? demande mon interlocuteur.

– Mon nom ne vous dirait rien. (Et, sans plus attendre, je déclare :) Un papier a été trouvé dans un livre que vous avez emprunté à la bibliothèque municipale. Une énigme, qui parle d'un rocher en forme de loup près du gué aux trois cailloux, au bord de la Loire.

– Ah ! s'exclame Lucien Lutz, c'est donc là que je l'avais fourré ! Je le cherchais partout depuis quelques jours.

Avant qu'il me pose des questions, je reprends :

– Je suppose que vous préparez un jeu de piste ?

– C'est cela. Dans le cadre du Salon du livre, le dernier jour. Pour les enfants.

– Dites-moi, monsieur Lutz, comment avez-vous eu connaissance de cette cachette un peu particulière ?

– C'est curieux que vous me demandiez cela, répond-il. A dire vrai, je l'avais oublié. Mais ça m'est revenu aujourd'hui même en lisant le journal. C'est madame Garambault qui m'a parlé de ça il y a longtemps. La vieille dame qui a été agressée hier et qui...

Il s'interrompt brusquement, et je sens qu'il commence à se méfier. Je ne lui laisse pas le temps de le formuler, et dis précipitamment :

– Je vous remercie beaucoup, monsieur Lutz. Et si vous voulez en savoir plus, rendez-vous demain matin, à onze heures, dans le hall de la mairie.

Je raccroche et me tourne vers Eve et Mathieu.

– Et voilà ! J'avais raison. C'était un coup monté par la mère Garambault. Une tentative d'escroquerie à l'assurance.

– Il faut prévenir les gendarmes, dit Mathieu.

– Tout de suite, répliqué-je.

Et je compose le 17 sur le cadran.

– Allô, la gendarmerie de Beaugency ?

– Oui, répond une voix bourrue. Qui parle ?

– Christie Spivac.

Il y a un silence au bout du fil.

Cette fois, je ne laisse pas le gendarme aller prévenir son chef. Surtout qu'à cette heure-ci, il dort sûrement. Et je reprends :

– J'ai l'intention de me rendre, et de faire quelques révélations. Demain matin, à onze heures. A la mairie.

Il répète ce que je viens de dire

comme s'il prenait le rendez-vous en note sur son agenda.

– A demain, cher monsieur, dis-je poliment. Et je raccroche.

– Pourquoi est-ce que vous ne vous rendez pas ce soir? demande Eve avec véhémence.

– Parce qu'il est temps d'aller dormir, et que notre petit chalet des bois est fort confortable.

Elle murmure quelque chose que je ne comprends pas.

– Bon! Descendez! Je vous rejoins tout de suite.

Ils hésitent, alors j'ajoute:

– Allez! Du vent!

A contrecœur, ils s'éloignent vers l'escalier, et je les entends murmurer entre eux en descendant lentement.

Je prends une feuille de papier, un

stylo qui traîne sur le bureau, et écris une lettre brève. Je plie la feuille en quatre, et me dirige vers l'endroit où Mathieu faisait le guet, tout à l'heure. Je parcours des yeux les titres de livres disposés sur les rayons, puis m'approche d'une rangée de romans, et me mets à les renifler de tout près. Voilà! C'est celui-ci! J'en suis sûr. D'ailleurs, il dépasse largement de la rangée. Je le prends, l'ouvre, glisse ma lettre à la première page, et remets le livre exactement comme je l'ai trouvé.

Puis je dévale les escaliers.

– Au lit, maintenant, les enfants! dis-je en sortant de la bibliothèque.

16

Une Estafette est garée devant la mairie : les gendarmes sont déjà arrivés. Je regarde ma montre : il est onze heures moins le quart.

Je me sens tout particulièrement de bonne humeur, ce matin. Réveillé par les cris des oiseaux batailleurs, je me suis aussitôt mis à faire des phrases stupides dans ma tête, comme : « Le chant mélodieux des hôtes de ces bois le tira doucement d'un sommeil rêveur. » Quand cela m'arrive, c'est généralement bon signe. Ça veut dire que je joue. Avec moi-même.

Ma moitié numéro 1 s'amusant à inventer des phrases aussi bêtes, pour permettre à ma moitié numéro 2 de s'en moquer. En tout cas, je n'écrirais jamais cela dans un roman !

– Debout les enfants ! ai-je crié. Nous sommes attendus par la maréchaussée.

La veille, à la bibliothèque, j'avais volé, je l'avoue, un paquet de café moulu entamé, et quelques morceaux de sucre. J'ai pu commencer la journée par un grand bol de café noir très sucré. Eve et Mathieu en ont pris un peu en faisant la grimace. Mais comme il restait encore du pain et du saucisson, ils se sont fait des sandwichs. Les mûres, le long du chemin, ont fourni le dessert.

Eve a passé plus d'une demi-heure à se pomponner dans la petite salle d'eau ; et Mathieu n'a guère été moins long. A croire que se livrer aux gendarmes était un événement nécessitant qu'on soit particulièrement propre et élégant! Si j'avais eu encore des doutes sur toute cette aventure, l'attitude de mes deux jeunes compagnons les aurait effacés.

Et tout au long du trajet, ils riaient et n'arrêtaient pas de se raconter des histoires, marchant d'un bon pas, devant moi qui flânais un peu, rien que pour les voir se retourner et dire: «Dépêchez-vous! On va être en retard!» Dire qu'il avait fallu presque que je les traîne, la nuit précédente!

*

* *

J'entre dans la mairie d'un pas décidé, suivi de Mathieu et d'Eve. Trois gendarmes sont là, à nous attendre. Le plus âgé est assis derrière le bureau de l'accueil, encadré par les deux autres, debout, la mine sévère.

– Bonjour, dis-je d'un ton guilleret. Je suis Christie Spivac. Je viens me rendre. Et voici Eve Beuvron, la victime, et Mathieu Tavers, mon complice supposé.

Poliment, je m'avance vers eux et leur tends la main. Ils me la serrent sans la moindre réticence. Et ils n'ont pas l'air de se formaliser non plus du ton que j'ai employé. Je saisis même, dans le regard du chef, une lueur amusée.

Cependant, c'est d'un ton sérieux qu'il demande :

– Alors, vous avez décidé de passer aux aveux ?

– Exactement, dis-je.... En premier lieu, Eve Beuvron n'a jamais été enlevée. Mais je suppose que vous le savez déjà.

Je lui fais un grand sourire goguenard et poursuis : en second lieu, Marcelline Garambault n'a jamais été agressée et, bien sûr, personne ne lui a volé ses économies.

– Vraiment ? répond-il. Pourtant vous étiez aux premières loges lorsque nous avons été appelés chez la mère…, je veux dire chez Marcelline Garambault.

– Effectivement. Mais il suffit d'un peu de ketchup pour simuler du sang. Et ses économies, on peut aller les dissimuler auparavant, loin de chez soi. Par exemple sous un rocher ressemblant à une tête de loup, près de l'ancien gué. En oubliant qu'on a parlé de cet endroit curieux, longtemps auparavant, à un certain Lucien Lutz. Que ce dernier organise un jeu de piste littéraire, pour les enfants, à l'occasion du Salon du livre. Et, le hasard faisant bien les choses, il se trouve que Lucien Lutz a décidé d'utiliser le rocher en forme de loup comme lieu d'épreuve. Mais monsieur Lutz est fort distrait ; et le message énigmatique qu'il a rédigé, il l'a oublié dans un livre de la bibliothèque...

Je laisse la phrase en suspens et, comme je m'y attendais, Eve poursuit :

– Moi j'ai emprunté le livre, trouvé le message, et j'ai cru que c'était Mathieu qui l'avait écrit, parce que ça parlait de la Loire, et qu'il habite à côté. Alors je suis allée le voir. Et voilà !

Je reprends :

– Tout cela fait beaucoup de coïncidences, j'en conviens, mais je pense que monsieur Lutz est prêt à confirmer tout cela.

– En effet, tout cela est vrai, dit un homme, souriant, en entrant dans la pièce.

Il vient de la grande salle où a eu lieu

la réception, le premier jour. Derrière lui, une foule s'avance et se met à applaudir. Parmi tous ces gens, je reconnais Fernand Moulin, Marcelline Garambault, l'adjoint au maire et la fermière. Un photographe surgit à son tour et se met à nous mitrailler, nous éblouissant chaque fois de son flash.

Je m'incline deux ou trois fois, comme un dompteur à la fin de son numéro.

– Bravo! dit Fernand Moulin en s'avançant vers moi, la main tendue, vous avez trouvé la solution. La solution de la surprise, ajoute-t-il en riant.

Je lui serre la main et, sans la lui lâcher, reprends la parole.

– Mais effectivement, et votre présence à tous le prouve, Marcelline Garambault n'est pas non plus coupable d'une tentative d'extorsion de fonds à sa compagnie d'assurances. Puisque tout ceci n'est qu'un coup monté pour me mettre à l'épreuve. Mes compliments, madame Garambault, votre numéro de vieille avare sanguinolente était très convaincant. Surtout qu'avant de prendre votre retraite vous n'étiez pas comédienne, mais institutrice, si je ne m'abuse. En revanche...

Je me tourne vers la pseudo-fermière qui ne semble pas le moins du monde souffrir de sa prétendue foulure, et je poursuis :

– En revanche, Monique Morin est comédienne, elle. Dans une troupe d'amateurs qui s'appelle, je crois, les « Tréteaux balgentiens ». Je dois avouer qu'elle m'a flanqué une sacrée peur ! Et que j'ai cru réellement à son rôle de fermière surprise par des rôdeurs au milieu de la nuit. Alors que vous êtes esthéticienne, n'est-ce pas, madame Morin ?

Tout le monde m'écoute attentivement. Je suis très content de les surprendre à mon tour.

Alors je lâche la main de Moulin, entoure, du bras, les épaules de Mathieu, qui est près de moi, et déclare :

– Mais je dois dire que le meilleur comédien de ce spectacle grandeur nature, c'est Mathieu Tavers... ou plutôt Jean-Pierre Avenue, de son vrai nom, fils légitime de la pharmacie, puisque son père tient une officine, et de la bibliothèque municipale, puisque sa mère y travaille...

Dans la foule ébahie, je cherche des yeux la jeune femme que j'ai aperçue lors de ma première visite à la bibliothèque. Celle que Moulin a appelée Hélène. Elle sourit, radieuse des compliments décernés à son fils.

– Madame Avenue, dis-je doucement,

votre fils a joué avec tellement de vraisemblance le rôle d'un enfant orphelin et sauvage, que je me poserais des questions à votre place!

De l'autre bras, j'entoure les épaules d'Eve, et conclus:

– Eve aussi a été remarquable de naturel. Et le plus curieux, c'est qu'elle s'appelle vraiment Eve Beuvron. C'est votre nièce, je crois, monsieur Moulin... Ah! J'oubliais le scénariste, monsieur Lutz, notre mystérieux numéro 770! Je suppose que vous êtes l'auteur de ce scénario, puisque c'est votre métier, non?

Il sourit et acquiesce d'un signe de tête.

Il y a un silence de quelques secondes et, brusquement, une nouvelle salve d'applaudissements éclate.

Cette fois, je salue comme un acteur

à la fin d'un spectacle. Eve et Mathieu/Jean-Pierre en font autant.

– Je suis époustouflé, dit Fernand Moulin quand les applaudissements s'atténuent un peu. Généralement, les autres invités résolvent l'énigme. Mais ils ne vont pas jusqu'à identifier les acteurs de cette machination. Il y a longtemps que vous avez deviné tout cela ?

– Presque depuis le début, en fait.

Eve a l'air scandalisée, fait quelques pas en arrière pour me toiser et crie :

– Alors tu nous as joué la comédie tout le temps ?

Sa colère et le fait qu'elle ose me tutoyer pour la première fois, sous le coup de l'émotion, m'amusent.

– Mais non, rassure-toi ! Pas tout le temps ! Il y a eu des hauts et des bas.

Et, à Fernand Moulin :

– En fait, quelque chose me tracassait à propos des coups de fusil. Et je n'arrivais pas à savoir quoi. Je n'ai compris qu'hier après-midi... Quand on nous a tiré dessus, je n'ai pas entendu les balles ou les plombs siffler à mes oreilles ; et les feuillages n'ont pas été déchiquetés par les salves. Or je peux vous garantir que dans mes romans, quand quelqu'un tire sur le héros, la balle siffle toujours à ses oreilles, ou la végétation est hachée menu s'il s'agit d'un fusil de chasse. Alors j'en ai déduit qu'on avait tiré à blanc. Mais j'ai mis le temps ! Et je dois avouer que cette découverte est arrivée au bon moment.

– Pourquoi ? demande Lucien Lutz.

– Parce que votre machination était bien montée. Mais il y a avait trop de coïncidences. Cela ressemblait vraiment à un roman, ou à un film. Alors j'ai vite été convaincu qu'il s'agissait d'une supercherie, d'une sorte de jeu, la fameuse surprise promise par monsieur Moulin quand il m'a téléphoné la première fois. Et alors Ẹve est arrivée avec le journal. Quel choc!

Je me tourne vers le journaliste qui ne cesse de prendre des photos, lui fais une grimace, et poursuis:

– Bravo pour le coup du faux journal. Ou plutôt de la fausse Une. J'ai marché à fond. Jusqu'au moment où j'ai repensé aux coups de feu.

Le photographe me fait un petit signe de tête et dit:

– Moi, je n'y ai pas participé. L'auteur des articles, c'est elle!

Et il désigne une jeune femme aux yeux clairs et aux cheveux sombres qui, souriante, s'avance vers moi et se présente:

– Caroline Oucques. Je travaille à *La République*. Désolée de vous avoir fait si mauvaise réputation.

– Ça, vous ne m'avez pas raté !

– Rassurez-vous, il n'y a eu que quelques exemplaires fabriqués. Pour les archives du Salon du livre.

– N'empêche, dis-je, que pendant longtemps encore je vais me demander si un monstre ne sommeille pas en moi. Les soi-disant psychiatres que vous avez consultés m'ont donné des frissons dans le dos.

– J'espère que ça ne vous empêchera pas de continuer à écrire des romans policiers, dit Caroline Oucques, avec une petite moue d'excuse.

– Je l'espère aussi.

Un silence, puis elle demande :

– Au fait, quand avez-vous été vraiment convaincu que ce journal était un faux ?

– Cette nuit. Parce que j'ai trouvé un exemplaire authentique à la bibliothèque municipale. Et il n'y était pas du tout question de moi, à la Une.

– A la bibliothèque municipale ! s'exclame Fernand Moulin.

– Ah oui ! J'ai oublié de vous le dire : nous avons cambriolé la bibliothèque municipale, cette nuit.

Il a l'air stupéfait. Et je vois, dans l'assistance, d'autres personnes qui ouvrent de grands yeux.

– On a essayé de le retenir, dit Mathieu/Jean-Pierre. Mais impossible !

– Il voulait absolument y aller ! ajoute Eve. Et on ne pouvait prévenir personne, parce qu'il ne nous a pas quittés.

Cela me fait rire.

– Mais, balbutie Fernand Moulin, je suis le seul à avoir les clés.

– Pas vraiment, dis-je, en sortant un trousseau de ma poche. J'ai le double. Tenez, je vous le rends, je n'en ai plus besoin.

– Mais... commence encore Fernand Moulin.

Eve l'interrompt et, d'un air penaud, dit :

– On a aussi cambriolé la mairie.

L'adjoint au maire rougit, mais ne dit rien. Alors je précise :

– Comme je vous l'avais dit, monsieur le maire adjoint, votre coffre-fort n'est pas vraiment à l'épreuve des cambrioleurs. Mais je vous garantis que je n'ai pas dérangé le contenu. Seules les clés de la bibliothèque m'intéressaient.

– Ça alors ! s'exclame Fernand Moulin.

Sentant la gêne de l'adjoint au maire, le chef des gendarmes s'avance et, pour changer de sujet, déclare :

– En tout cas vous avez gagné l'argent que vous avez trouvé. Je suis même en mesure de compléter la somme.

Il me tend une petite liasse de billets, et ajoute :

– L'argent que vous avez perdu en courant.

– Merci, dis-je. J'espère que vous n'avez pas relevé les numéros, et que je ne risque pas d'être inquiété en dépensant cet argent.

Il sourit.

– Non ! Non ! Rassurez-vous ! A moins que Marcelline Garambault n'ait vraiment appris les numéros par cœur pour être complètement dans la peau de son personnage.

– J'ai une mémoire de papillon ! s'exclame cette dernière.

Et je trouve soudain cette vieille dame gracieuse.

Je me tourne vers Eve et Mathieu/Jean-Pierre, et leur tends la petite liasse de billets que le gendarme vient de me donner.

– Tenez, les enfants, comme ça vous pourrez compléter votre bibliothèque.

Eve et Mathieu/Jean-Pierre jettent un coup d'œil dans la foule, comme s'ils quêtaient une approbation. Rassurés sans doute par un signe de tête de leurs parents, ils acceptent joyeusement et se partagent aussitôt les billets.

L'adjoint au maire, qui a repris contenance, s'avance à son tour. D'un ton solennel, il déclare :

– Eh bien, pour fêter votre succès,

monsieur Spivac, nous vous invitons à prendre une collation dans la salle du conseil.

La foule s'apprête à refluer vers la grande pièce voisine. Je toussote bruyamment. Tout le monde s'arrête et me regarde.

– C'est qu'il y a autre chose, dis-je. (Je laisse passer quelques secondes, et ajoute :) Le fantôme de la bibliothèque... Si ça vous intéresse, je peux vous dire son nom... A condition d'avoir la promesse qu'il ne sera pas inquiété. Après tout, c'est une broutille, presque une plaisanterie.

Et je savoure la stupeur que je lis sur les visages rassemblés.

17

J'ai l'impression que je me trouve au milieu d'un tribunal. Sauf que je ne sais pas exactement quel rôle j'y joue.

L'adjoint au maire, les gendarmes et Moulin parlementent à mi-voix. D'autres petits groupes se sont formés, et ça papote ferme. Je n'entends que des bribes de conversations, mais cela me suffit pour en déduire que ceux qui connaissent l'histoire du fantôme de la bibliothèque la racontent à ceux qui ne la connaissent pas encore. Je regarde furtivement ma montre. Il est onze heures vingt-cinq.

Finalement, le gendarme en chef s'adresse à moi d'une voix forte.

– Allez-y, monsieur Spivac. Nous vous écoutons, et monsieur Moulin, vous vous en doutez, est le plus impatient d'entre nous. Vous avez ma garantie que le responsable de ces vols ne sera pas inquiété. Juste un petit châtiment corporel, peut-être ! Une fessée, par exemple.

J'éclate de rire et réplique :

– Je doute que vous puissiez tenir le coupable assez longtemps pour lui flanquer une fessée ! N'oubliez pas que c'est un fantôme !

Il a l'air surpris. Je le laisse réfléchir un peu aux implications de ma réponse, et dis doucement :

– En fait, il y a trois coupables. Ils ont dû s'y mettre à plusieurs pour dérober une dizaine de livres à la bibliothèque. L'un des trois est d'ailleurs ici même.

Bien entendu, tout le monde se dévisage. Je garde le silence quelques secondes, histoire de permettre toutes les suppositions, et crie :

– Montre-toi, Mathieu ! Ou plutôt Jean-Pierre ! Je t'ai vu te glisser derrière tout le monde.

– Jean-Pierre ? s'étonne Eve. Non ! Ce n'est pas vrai ! Je le saurais. Il me l'aurait dit.

– Eh bien tu vois, il ne te dit pas tout !

Apparemment, Jean-Pierre Avenue n'a pas du tout l'intention de se montrer. Mais des gens l'ont repéré, dans l'encoignure de la porte ; la foule s'ouvre, ménageant une large allée vide entre lui et moi.

Je le regarde. Il est rouge comme un sens interdit, et son visage révèle un curieux mélange d'expressions: penaud d'avoir été découvert, mais en même temps révolté d'être dénoncé publiquement. Et peut-être même fier de ce qu'il a fait. Je lui souris.

– Allons! dis-je, ne m'en veux pas. Tu ne risques rien. Et l'histoire vaut quand même la peine d'être racontée.

Il reprend contenance et esquisse un petit sourire en coin. Eve comprend alors que je dis vrai, que son copain lui a caché quelque chose. Alors elle s'avance vers lui, les mains sur les hanches, ses deux petits cornes blondes dressées diaboliquement sur la tête, et, furibarde, déclare:

– Tu aurais pu me le dire! Je croyais qu'on ne se cachait rien!

Mathieu/Jean-Pierre baisse les yeux et

a un mouvement d'épaules particulier, comme s'il rejetait l'accusation d'un geste.

– Du calme, Eve, dis-je. C'était un tout petit secret.

– Quand même! dit-elle avec colère.

Mais Fernand Moulin s'impatiente. Les querelles d'amoureux d'Eve et Jean-Pierre ne l'intéressent pas. Il veut savoir.

– Et alors? demande-t-il. Comment s'y est-il pris? Il ne pouvait pas entrer dans la bibliothèque pendant le week-end. Et je n'ose quand même pas supposer qu'il forçait le coffre-fort de la mairie chaque fois qu'il avait besoin du double des clés, non?

– Non, bien sûr. D'ailleurs Jean-Pierre ignorait qu'il y avait un jeu de clés à la mairie. Je vous ai dit qu'il était seulement complice. Ce n'est pas lui qui entrait dans la bibliothèque pour voler les livres. Lui se contentait d'utiliser un bout de lard fumé.

– Un bout de lard fumé ! s'exclame l'adjoint au maire.

Il a l'air de penser que je viens brusquement de devenir fou. Et il regarde autour de lui comme s'il cherchait un psychiatre.

Du coin de l'œil, je vois Caroline Oucques écrire fébrilement sur un carnet. Elle ne perd pas une miette de ce qui se passe. Je sens que cela va donner un article croustillant dans le journal, demain.

A ce moment, dans la rue, derrière moi, j'entends un ferraillement bruyant, et une voix coléreuse grommelle :

– Qu'est-ce qui se passe là-dedans ?

Je jubile. Mon minutage est parfaitement au point. Je me retourne vers Léon Hurlevent dont le fauteuil roulant bloque l'entrée de la mairie. Il n'a pas l'air content. D'autant plus qu'il y a un seuil de trois marches, ce qui l'empêche de venir jusqu'à nous. Dans la rue, quelques badauds se sont déjà rassemblés autour de Léon Hurlevent, et ouvrent grands leurs yeux et leurs oreilles.

– Voici le second complice, dis-je sobrement. C'est à lui que les livres volés étaient destinés.

– Quoi? Quoi? Qu'est-ce que vous racontez? tempête Hurlevent. Qu'est-ce que c'est que cette histoire?

Et, comme en écho, Fernand Moulin reprend, sur un ton dubitatif:

– Qu'est-ce que c'est que cette histoire? Comment voulez-vous qu'il vole les livres de la bibliothèque, alors qu'il n'est même pas capable de grimper l'escalier, avec son fauteuil roulant!

Léon Hurlevent a entendu, et découvert Fernand Moulin dans la foule. Il crie :

– Vous ! C'est encore un de vos tours, hein ?

Deux gendarmes s'approchent de Léon Hurlevent et hissent le fauteuil roulant à l'intérieur. A peine les roues sont-elles reposées sur le sol que le vieil homme irascible les actionne et file droit sur Fernand Moulin qui, d'un bond, se réfugie derrière moi.

– Du calme ! Du calme ! dis-je.

Je suis forcé d'élever la voix pour me faire entendre. Et c'est presque en criant que je poursuis :

– Je vous ai dit que les livres étaient destinés à monsieur Hurlevent. Je n'ai jamais dit qu'il les avait volés lui-même.

Le brouhaha s'apaise. Léon Hurlevent se tourne vers moi et demande :

– Qui êtes-vous, d'abord?

– Je m'appelle Christie Spivac et...

Je n'achève pas ma phrase. Un événement extraordinaire me coupe la parole: Léon Hurlevent sourit. Franchement. Un grand sourire radieux qui laisse apparaître des dents jaunes, mais qui le rajeunit de vingt ans.

– Je suis content de vous connaître, dit-il. Je viens de lire un de vos romans. J'aime bien.

Mais il se renfrogne aussitôt, comprenant sans doute que ce qu'il a dit équivaut à un aveu. Le bibliothécaire ne m'a-t-il pas expliqué qu'un des derniers livres volés était l'un de mes romans? D'ailleurs il suffit de voir la mine outrée de Fernand Moulin pour se rendre compte qu'il a fait le rapprochement, lui aussi.

– Alors c'était bien Hurlevent! s'exclame-t-il.

– Attendez! dis-je. Il y a un troisième complice. Le vrai coupable, en fait. Celui qui s'introduisait dans la bibliothèque presque chaque nuit et volait un livre quand les circonstances étaient favorables.

Un brusque silence s'établit. Je demande:

– Vous avez laissé votre complice à la maison, monsieur Hurlevent?

Il me sourit de nouveau. Cette fois, il a compris qu'il ne risquait rien, semble-t-il. Et il commence à s'amuser. Et même sans doute éprouve-t-il du plaisir à l'idée de révéler comment il a mystifié le bibliothécaire et les gendarmes.

– Oh non, dit-il. Il doit rôder par ici.

18

– Je vais le chercher ! s'écrie soudain Mathieu/Jean-Pierre.

Ses yeux brillent. Il n'a plus peur et commence à s'amuser lui aussi, à l'exemple de Léon Hurlevent.

J'approuve d'un signe de tête, et il sort de la mairie en courant, bousculant au passage un ou deux badauds que j'entends râler.

En attendant qu'il revienne, accompagné du véritable coupable, je précise un certain nombre de choses. Me tournant d'abord vers Caroline Oucques, je dis :

– Votre journal est une véritable mine de renseignements. Surtout la rubrique qui présente, chaque semaine, une personnalité de Beaugency. Il a suffi que je feuillette une collection à la bibliothèque municipale, la nuit dernière, pour trouver tout ce que je désirais savoir sur Marcelline Garambault, Lucien Lutz ou Monique Morin.

– Je suis sûr qu'on n'a pas parlé de Jean-Pierre Avenue, votre faux Mathieu Tavers, dans cette rubrique, objecte la journaliste. Comment avez-vous trouvé son vrai nom?

– Facile! Je connaissais son numéro d'inscription à la bibliothèque. 1515. Cela ne s'oublie pas. Je n'ai donc eu qu'à vérifier dans le fichier. Parce que j'avais trouvé son attitude bizarre quand je lui avais demandé sa carte. Mais le plus drôle c'est que, dans le même tiroir, je suis tombé sur une fiche d'état civil familial de la famille Avenue. Pratique! Evidemment, c'était le bureau de madame Avenue!

Me tournant alors vers le bibliothécaire, je demande:

– Au fait, cette légende que vous m'avez racontée, «le chat du diable», je crois, vous l'avez aussi inventée?

– Mais non! répond Fernand Moulin, amusé. Je ne me serais pas permis de vous raconter des inepties à ce sujet.

– Bien sûr, dis-je d'un ton faussement léger, vous préférez les faire vivre à vos invités.

Il n'a pas le temps de se demander comment réagir, car la journaliste demande, goguenarde:

– Et si vous nous révéliez un peu la

façon dont il faut s'y prendre pour ouvrir le coffre de la mairie ? Je suis sûre que ça intéresserait les électeurs.

L'adjoint au maire n'en mène pas large, mais n'ose pas intervenir. J'hésite un instant, mais il vaut mieux ne pas aller trop loin.

– Je regrette, mais je ne peux pas vous le dire. Sinon, ils seraient obligés de changer la combinaison. Or peut-être qu'un jour j'aurai de nouveau besoin de cambrioler la mairie ! On ne sait jamais !

Caroline Oucques rit, et l'adjoint au maire a l'air soulagé.

J'entends alors un brouhaha dehors. Je me retourne. Mathieu/Jean-Pierre est en train de se frayer un chemin au milieu du groupe de badauds qui s'est assemblé devant l'entrée de la mairie. Il a trouvé le coupable.

Dès que tous deux sont à l'intérieur, je déclare :

– Voilà, messieurs-dames, je vous présente le véritable fantôme de la bibliothèque. D'ailleurs vous pouvez le constater : il est blanc. Intégralement. Comme tout fantôme honnête et soigné doit l'être. C'est lui qui s'introduisait, la nuit, dans la bibliothèque, par un conduit d'aération, et qui volait les livres. Ce qui était fort généreux de sa part, car je suppose qu'il ne sait pas lire.

Un mélange de stupeur et d'amusement se lit sur les visages. Personne ne dit mot. Le coupable désigné en profite pour échapper à l'étreinte de Mathieu/Jean-Pierre, saute sur les genoux de Léon Hurlevent, s'étire, sort ses griffes, les rentre, fait deux petits tours sur lui-même, s'installe en rond, et se met à ronronner.

– Il s'appelle Edgar, dit Léon Hurlevent, en défiant du regard les gens qui l'entourent, et en caressant tendrement le magnifique chat blanc.

– Je sais, dis-je. C'est lui qui vous a trahi. Son nom était révélé dans l'article que *La République* vous a consacré hier, monsieur Hurlevent. Edgar, comme Edgar Poe. L'auteur des « Histoires extraordinaires ». Je me suis rappelé que c'était le premier livre qui avait été volé. Comme si vous aviez voulu faire un pied de nez à monsieur Moulin, ici présent.

Léon Hurlevent sourit d'un air moqueur, et Fernand Moulin se renfrogne. Je reprends :

– Et c'est dans ce livre-là, si je me souviens bien, qu'il y a l'histoire d'un double crime commis dans un local où nul être humain n'a pu pénétrer. Où on découvre, à la fin que c'est un singe le coupable. Alors quand j'ai appris que vous aviez été dompteur de fauves, je n'ai plus eu de doutes.

– C'est vrai, dit Léon Hurlevent. Mais je dois dire que dresser un chat est plus difficile que dresser un tigre. Il m'a fallu du temps.

– Je dois aussi avouer, ajouté-je, que j'ai aperçu Edgar cette nuit. Il sortait sans doute de la bibliothèque. Bredouille. Et j'ai pensé qu'il allait revenir plus tard.

– Je ne comprends pas comment il est possible qu'un chat vole des livres ! s'exclame soudain Lucien Lutz, le scénariste. Il ne les prenait pas au hasard puisque vous avez dit que le premier livre volé avait été choisi par monsieur Hurlevent. Alors, comment faisait-il ?

– Je lui ai appris à lire, dit Léon Hurlevent, tranquillement.

– Non ! Ce n'est pas possible ! s'écrie Fernand Moulin, sidéré.

Et il reste la bouche ouverte.

– Mais non, je plaisante, reprend Léon Hurlevent, qui a l'air de vraiment s'amuser à présent. En réalité, il y avait un truc.

Je me tourne vers Mathieu/Jean-Pierre :

– Dis-le-leur, toi ! Après tout, tu es le mieux placé pour en parler.

Il s'avance, se place près du fauteuil roulant, fouille dans sa poche, et en extrait le répugnant morceau de viande grasse fumée sur lequel j'ai marché la nuit dernière.

– Oh ! c'est très simple, dit-il. Monsieur Hurlevent me disait quel livre il voulait. J'allais à la bibliothèque, et je frottais le livre avec ce bout de lard. Comme ça, Edgar pouvait facilement le repérer. Le plus difficile, c'était pour la taille des livres. Il ne fallait pas qu'ils soient trop grands, sinon ils ne passaient pas par le tuyau d'aération. Des fois, j'étais obligé de mesurer.

Il sort de l'autre poche un mètre de couturière roulé et nous le montre.

Le silence se fait de nouveau. On n'entend plus que le ronronnement d'Edgar et le brouhaha de la foule dehors. Chacun doit s'efforcer d'imaginer le chat en train de renifler tous les livres, d'en prendre un entre ses dents, de l'équilibrer, et de se couler dans le conduit d'aération.

– Mais dites-moi, monsieur Spivac, demande soudain la journaliste, comment avez-vous combiné votre coup pour que monsieur Hurlevent arrive ici juste au bon moment ?

Je lui réponds d'un ton moqueur :

– Vous n'avez pas deviné ?

– Non !

– A la vérité, c'est seulement hier soir que j'ai compris le truc du lard fumé. Grâce à une crise d'éternuements providentielle de notre jeune délinquant – je désigne Jean-Pierre Avenue du doigt. J'ai compris pourquoi j'avais aperçu Edgar sortant bredouille de la bibliothèque. Mathieu, enfin Jean-Pierre, n'avait pas encore graissé la tranche d'un livre. Et pour cause ! Puisqu'il ne m'avait pas quitté depuis deux jours. J'ai pensé que Jean-Pierre profiterait de notre incursion dans la bibliothèque pour le faire. Et que le chat reviendrait plus tard. J'ai eu raison, vous voyez. Je n'ai eu aucun mal à repérer le livre désigné à l'odorat d'Edgar. Moi aussi j'ai du flair quand je sais quoi chercher. Alors je me suis contenté de laisser un message dans le livre. A l'intention de Léon Hurlevent.

Ce dernier fouille sous la couverture qui lui recouvre les jambes, dérangeant quelque peu Edgar qui cesse quelques secondes de ronronner, et sort triomphalement mon message. Il le lit à haute voix :

– « Le fantôme de la bibliothèque, c'est vous. Je vous attends demain matin, à onze heures trente, devant la mairie. Sinon... » (Et il ajoute :) J'ai cru qu'il voulait me faire chanter ! Pour quelques livres ! J'aurais bien voulu voir ça !

Je suis heureux de n'avoir pas essayé, à voir sa mine. Je suppose que j'aurais passé un mauvais quart d'heure.

Je cherche une réplique apaisante

quand, levant les yeux, je me fige, médusé. Au premier rang des spectateurs, il est là !

19

Il ne sourit même pas; mais c'est comme s'il se moquait de moi par tous les pores de sa peau, toutes les lueurs jouant dans ses prunelles, et même les sept taches de rousseur qui soulignent son œil droit, et qui dessinent le profil de la Grande Ourse.

– Excusez-moi! dis-je, et je m'avance vivement vers le groupe de badauds massé devant l'entrée de la mairie.

Mais quand je descends les trois marches, le garçon a déjà disparu. Je réussis difficilement à passer au milieu de la foule et regarde autour de moi. Il est là, un peu plus loin, debout devant une vitrine dont le contenu paraît le fasciner.

Je marche rapidement vers lui. Il se retourne, m'aperçoit, et me fait un pied de nez avant de s'éloigner à la même allure que moi.

En passant devant la vitrine, j'y jette un coup d'œil. Il y a un gros livre, doré sur tranche, au milieu de parapluies et de chapeaux. Je m'arrête deux secondes, juste le temps de lire le titre : « Mathieu Tavers, ou la légende du chat du diable ».

Je me mets à courir pour rattraper le garçon. Il en fait autant et la distance entre nous ne diminue pas. Des gens s'arrêtent pour nous regarder. Ils doivent se demander si le jeune fuyard est un délinquant ou quoi ! Moi, je voudrais bien lui demander quelques explications.

L'un suivant l'autre, nous passons près de la tour de César, puis devant le château. J'essaie d'accélérer, mais sans y parvenir. Le jeune garçon a tourné à droite, puis encore à droite. Je m'engage à mon tour place Dunois, puis dévale la rue de l'Abbaye en passant devant le presbytère, et arrive place de la Motte. Je m'appuie un instant contre un mur pour reprendre mon souffle. Comme s'il sentait que je me suis arrêté, le jeune garçon s'immobilise un peu plus bas, se retourne, me fait un nouveau pied de nez et repart. C'est la première fois de ma vie que je vois une légende courir aussi vite. Mathieu Tavers tourne à gauche, sur le quai, le long de la Loire, et disparaît à ma vue.

Grimaçant, je reprends ma course et parviens sur le quai. Je regarde à droite, à gauche. Il n'y a personne. Je m'avance lentement, le souffle court, en scrutant tous les recoins de la rue. Personne. J'arrive devant le pont de Beaugency. Personne.

Mais au milieu du pont, il y a un chat. Noir comme le diable. Qui marche fièrement, la queue dressée, me tournant ostensiblement le dos.

Je m'arrête et le regarde s'éloigner de moi, indifférent à toutes les questions qui me tournent dans la tête. Je murmure :

– Le treizième chat noir !

Et, pensant à la liasse de billets trouvée sous le rocher en forme de loup, je me dis : « Tout compte fait, il m'a plutôt porté bonheur ! »

FIN

LA TOMATE

votre nouvelle meilleure amie !

Beauté • Santé • Jardinage • Gastronomie

Éditions Sang de la Terre
91, av. de la République • 75011 Paris
www.sangdelaterre.fr

Conception graphique : Julia Jacquet
Photos de couverture : Mary-Laëtitia Gerval
Illustrations : Shutterstock.com

978-2-86985-343-0

Dépôt légal : juin 2017
Achevé d'imprimer en Union européenne par Pulsio.net en avril 2017

Cathy Vartkès

LA TOMATE

Votre nouvelle meilleure amie !

Beauté • Santé • Jardinage • Gastronomie

Sang de la Terre

Préface

Nous sommes très heureux, Christian Étienne et moi-même, d'honorer ce livre qui sublime cette « belle et noble Dame ». Quel bonheur de lire enfin un auteur qui a su découvrir toutes les qualités de cette délicate « Pomme d'Amour »... Cathy Vartkès et nous deux avons la même philosophie, la même admiration...

Christian Étienne le Pionner... Voilà près de 25 ans que Christian cuisine la tomate sous toutes ses formes, amuse-bouche, entrées, mets, desserts, menu... Au cours des seize années passées à travailler avec lui, il m'a transmis les bases pour apprivoiser le goût de la Pomme d'Amour. Mais surtout la passion et l'envie, afin de créer de nouvelles recettes avec elle.

La bonne idée était de dédier un menu à ce produit provençal par excellence. La Tomate pousse partout dans notre resplendissante région. Nous avons tissé alors des liens très étroits avec un certain nombre de producteurs, afin d'avoir suffisamment de qualité et de quantité pour pouvoir servir notre « menu Tomate » tout l'été.

Christian Étienne m'a fait confiance pendant toutes ces années pour concocter des nouvelles recettes. Avec la transmission de l'entreprise, le « menu Tomate » continue à être l'identité de l'établissement, et l'univers créatif culinaire reste infini... Chaque année, nous déclinons 7 plats avec 10 variétés différentes, de l'amuse-bouche au dessert.

Dans notre Maison, elles mûrissent sur notre petite terrasse sud et profitent du soleil doux du matin de 8 heures à 11 heures environ. Nous les sélectionnons chaque jour pour choisir les plus mûres. Et puisqu'il fait toujours beau à Avignon, vous dégusterez notre tomate sur la terrasse, à l'ombre du Palais des Papes.

Guilhem Sevin & Christian Étienne
Avignon, Papauté de la Tomate,
étoilés au Michelin

MENU TOMATE

Mise en scène de nos 20 années de Tomates

Amorces gourmandes

Cappuccino de tomate « Noire de Crimée », crackers au romarin

Terre d'Hervé Saïn

Trio de tartare de tomates anciennes au basilic :

« Green Zebra », « Cœur-de-Bœuf » et « Ananas »

Sous cloche

Quenelle de rascasse de Méditerranée,

concassée de « Saint-Pierre », crème d'ail à l'eau de tomate

Grappe et farcie

Fritot de tomate emplie de petits gris de Provence

au beurre de menthe

De Provence

Tatin d'agneau aux pétales de « Roma » confites,

fondue d'oignons, jus aux senteurs de marjolaine

Au lait de brebis

Terrine de chèvre frais de Dieulefit,

poireau et tomates séchées, mélange d'herbes fraîches

Jardin sucré acidulé

« Pomme d'amour », mousse pistache et crispy de riz,

sorbet « Marmande », brisures de pistaches caramélisées

Friandises

Sommaire

Introduction

Pleine de promesses !

Merveilleuse, succulente, pulpeuse, juteuse, mystérieuse, malicieuse, maligne… Admirez sa chair délicate et acide, sa saveur caractéristique et l'odeur de ses tiges vertes. Gorgée de qualités nutritionnelles, mais aussi de bienfaits insoupçonnés pour votre beauté et votre santé, elle a plus d'un tour dans sa pulpe précieuse, et vous rendra la vie encore plus belle !

Je vous propose de découvrir cette grande voyageuse qui vient du Pérou. Cultivée là-bas bien avant le XVe siècle, elle est arrivée en Europe au XVIIIe siècle, à Naples plus exactement. Qu'elle ait été tant choyée par tous les artistes du monde entier est une formidable symbolique ! Pourtant, elle a eu bien du mal à être acceptée dans le monde culinaire. Rebelle, pas rebelle… Allez savoir ! On dit bien que c'est grâce à la Révolution que Paris voulut bien d'elle…

Comment cultiver cette « reine du potager », la chérir, la cuisiner de mille et une façons ? Ses variétés, ses couleurs, ses saveurs, ses senteurs, ses recettes et ses bienfaits sont innombrables !

Le saviez-vous, seul le jus de tomate conserve son vrai goût à plus de 3 000 mètres de la terre ! La tomate soigne bien des maux, la fatigue, la « gueule de bois », l'hypertension, l'acné… C'est également une arme antivieillissement de la peau extraordinaire. Elle protège du soleil, et est plus que parfaite en cure bien-être et minceur.

Vous guettez les jours qui s'allongent, le petit coin de ciel bleu. Sautez sur cette tomate juteuse aux arômes toniques, cueillie à pleine maturité. Opération plaisir… Souriez, vous ra-yon-nez !

1
Sa longue histoire

La tomate, *Solanum Lycopersicum*, est une espèce de plantes herbacées de la famille des solanacées, originaire du nord-ouest de l'Amérique du Sud. Elle est devenue incontournable dans la gastronomie, et cela dans le monde entier.

Amoureux et experts, vous ne serez pas déçus. Son histoire est passionnante. Ses variétés sont sublimes. Professionnels ou amateurs se démènent pour leur garder cette allure de reine du potager, au goût, à la saveur et à l'odeur d'antan. Fantasme ? Non... Sûrement pas ! Rassurez-vous, la tomate n'est pas déchue des potagers. Voilà un petit tour d'horizon, de ses origines à ses moult variétés.

« Un voyage de mille lieues a commencé par un pas. »

Lao-tseu

De ses origines en Amérique Latine jusqu'à nos jours, elle aura effectué le tour du monde

Cette diva du potager est originaire des régions andines côtières du nord-ouest de l'Amérique du Sud (Colombie, Équateur, Pérou, nord du Chili). C'est en effet seulement dans ces régions que l'on a retrouvé des plantes spontanées de diverses espèces de l'ancien genre Lycopersicon, notamment Solanum Lycopersicum Cerasiforme, lisez la tomate cerise. Cette dernière est actuellement répandue dans toutes les régions tropicales du globe. Pourtant, il ne s'agit que d'introductions récentes.

La première domestication de la tomate à gros fruits est vraisemblablement intervenue au Mexique actuel, où l'ont trouvée les conquérants espagnols lors de la conquête de Tenochtitlan (Mexico) par Hernan Cortés en 1519. Cette domestication s'est probablement produite après celle de la tomatille (Physalis philadelphica), qui était plus appréciée à l'époque que la tomate. Mais sa culture s'est marginalisée par la suite.

Nous ignorons comment elle a migré du Pérou au Mexique. Peut-être par le truchement d'oiseaux migrateurs…

Les Aztèques auraient-ils inventé la sauce tomate ?

Bernardino de Sahagun dans son *Histoire générale des choses de la Nouvelle-Espagne* rapporte que les Aztèques préparaient une sauce associant les tomates avec du piment et des graines de courges.

Son arrivée quelque peu difficile en Europe et au-delà des océans

Elle fut introduite en Europe au début du XVIe siècle par les Espagnols, d'abord sur leur continent, puis en Italie, par Naples, alors possession de la couronne espagnole. La plante étant de la même famille que la *Belladone*, plante indigène en Europe connue pour sa toxicité, ses fruits ne furent pas considérés par les savants, mais utiles en médecine. Précurseurs !

Au XVIe siècle, elle devient « Pomme d'Or »…

Pour la toute première fois dans la littérature européenne, cette merveilleuse apparaît dans un ouvrage publié en 1544, les *Comentarii* de Pietro Andrea Mattioli, botaniste et médecin italien, qui en donne une description au chapitre consacré aux mandragores et l'appelle « Pomo d'Or », ou « Pomme d'Or »…

Elle est cultivée et consommée en Espagne certainement dès le début du XVIe siècle, car elle figure dans des recettes de gaspacho dès le début du XVIIe siècle. Dans l'Europe du Nord, elle est initialement considérée comme une plante ornementale. Elle ne sera cultivée pour son fruit qu'à partir du milieu du XVIIIe siècle.

Il faut savoir qu'en Grande-Bretagne, John Gerard, botaniste et chirurgien anglais, fut le premier à cultiver la tomate dans les années 1590. Il représenta la plante, qu'il considérait alors comme vénéneuse (y compris le fruit), dans son herbier, *The herball or Generall Historie of*

Plantes. Son avis négatif prévalut en Grande-Bretagne et dans les colonies britanniques d'Amérique du Nord pendant encore deux siècles.

En France, son introduction fut lente. Elle commença par la Provence. En 1600, Olivier de Serres, un des premiers agronomes français, qui cultivait son domaine du Pradel dans l'Ardèche, la classe parmi les plantes d'ornement. Voici ce qu'il écrit dans *Le Théâtre d'agriculture et mesnage des champs* : « Les pommes d'amour, de merveille, et dorées, demandent commun terroir et traitement, comme aussi communément, servent-elles à couvrir cabinets et tonnelles, grimpans gaiement par-dessus, s'agrafans fermement aux appuis. La diversité de leur feuillage, rend le lieu auquel l'on les assemble, fort plaisant ; et de bonne grâce, les gentils fruicts que ces plantes produisent, pendans parmi leur rameure… Leurs fruicts ne sont bons à manger ; seulement sont-ils utiles en la médecine et plaisans à manier et flairer… »

En France, ce n'est qu'à la fin du XVIIIe siècle que ses qualités culinaires seront mises en avant et vantées avec beaucoup de ferveur. L'on pourra d'ailleurs lire dans l'*Encyclopédie* de Diderot et d'Alembert, ses attributs gustatifs extraordinaires : « Le fruit de tomate étant mûr est d'un beau rouge, et il contient une pulpe fine, légère et très succulente, d'un goût aigrelet relevé et fort agréable, lorsque ce fruit est cuit dans le bouillon ou dans divers ragoûts. C'est ainsi qu'on le mange fort communément en Espagne et dans nos provinces méridionales, où on n'a jamais observé qu'il produisit de mauvais effets. »

Dans le catalogue de la maison Andrieux-Vilmorin, les premières variétés potagères apparaissent dans l'édition de 1778, et dans *Le Bon Jardinier* en 1785. Sa diffusion en France va s'accélérer pendant la Révolution avec la montée des Provençaux à Paris pour la fête de la

Fédération en 1790. Dans la capitale, deux restaurants tenus par des Marseillais, Les Trois Frères Provençaux et Le Bœuf à la Mode, participèrent à sa popularisation.

Aux États-Unis, le Président Jefferson, qui avait séjourné en France de 1784 à 1789, fut au début du XIXe siècle l'un de ses plus fervents défenseurs outre Atlantique. Il la fit cultiver dans son domaine de Monticello en Virginie et l'imposa à la table présidentielle dès 1806.

Cette charmante dans la peinture

Dans un registre humoristique, Alphonse Allais intitula en 1882 un tableau abstrait uniformément rouge, « Récolte de la tomate par des cardinaux apoplectiques au bord de la Mer Rouge ».

Pablo Picasso peignit en août 1944 une série de neuf tableaux représentant un plant de tomate sur le rebord d'une fenêtre. Réalisées dans l'appartement de son ancienne compagne, Marie-Thérèse Walter et de sa fille Maya à Paris, où le peintre s'était réfugié pendant les combats pour la Libération de la capitale, ces peintures sont, selon Sutherland Boggs, « une métaphore pittoresque et décorative de la nécessité pour l'être humain de survivre et prospérer même sous les contraintes de la guerre ».

En 1962, Andy Warhol produisit une œuvre intitulée « Campbell's Soup Cans », constituée d'une série de 32 tableaux représentant une série de boîtes de soupes rouge et blanche de la société Campbell, au premier rang desquelles la soupe de tomate. Cette œuvre est exposée au Museum of Modern Art de New-York.

Cette chantante et l'art lyrique

Georges Perec illustre l'importance de la symbolique de la tomate dans l'art lyrique dans son mémorable « Mise en évidence expérimentale d'une organisation tomatotopique chez la soprano (Cantatrix sopranicaL) », dont la version anglaise traduite en Français est publiée aux éditions du Seuil dans le recueil *Cantatrix Sopranica L. et autres écrits scientifiques.*

Ses variétés à n'en plus finir

Son étymologie

Le terme « tomate » vient de l'Espagnol *tomate*, lui-même emprunté au nahuatl (langue de la famille uto-aztèque) *tomalt* qui désignait le fruit de la tomatille (*Physalis Ixocarpa*). En revanche, le mot *nahuatl xictomatl* (*jiyomate* en espagnol mexicain) désigne la tomate. La première attestation de « tomate » en Français date de 1598, dans la traduction de l'ouvrage de José de Acosta *Historia natural y moral de las Indias*, par Robert Regnault. « Tomate » n'est entrée dans le Dictionnaire de l'Académie Française qu'en 1835. Le fruit s'est longtemps appelé « pomme d'amour » ou « pomme d'or ».

Son nom figure dans les *Mots sans frontières* recensés par Sergio Correa da Costa. On le retrouve en effet dans de nombreuses langues avec de faibles variations phonétiques et orthographiques. On a ainsi dans les langues européennes : *tomato* en Anglais, *tomate* en Allemand, Espagnol, Français et Portugais ; *tomat* en Danois, Norvégien, Suèdois et Estonien, *tomaat* en Néerlandais. À l'exception notable de l'Italien *pomodoro* et du Polonais *pomidor* !

Fruit ou légume ?

D'un point de vue botanique, elle est indiscutablement un fruit, puisqu'elle dérive, y compris ses graines, de la transformation de l'ovaire d'une plante à fleurs. Cependant, d'un point de vue culinaire, elle n'a pas le même goût sucré que les fruits consommés comme tels, le plus souvent à la fin du repas. Elle est généralement servie comme un légume dans des préparations salées, en entrée ou en salade, ou encore en accompagnement du plat principal.

L'origine de la controverse vient du fait qu'elle est traitée comme un fruit dans les pratiques de conserve domestique. En effet, son acidité naturelle lui suffit pour être préparée à l'eau, plutôt que dans un stérilisateur à vapeur comme la plupart des légumes.

Pour l'anecdote, s'en sont suivies quelques implications légales aux États-Unis. En 1887, des droits de douane appliqués aux légumes et non aux fruits ont fait du statut de cette chère tomate un sujet d'importance au regard de la loi. La Cour Suprême des États-Unis mit fin à cette indécision le 10 mai 1893 en la déclarant un légume, selon la définition populaire qui considère les légumes comme étant servis au cours du repas et non du dessert. Mais cette décision s'applique seulement à l'interprétation du tarif douanier… Ambiguïté, donnez-lui le nom que vous voudrez, du moment que vous la choyez comme elle le mérite !

Son plus grand pied dans le monde

L'immense pied de tomate qui pousse dans les serres expérimentales du Parc Disney d'Orlando en Floride est certainement le plus grand du monde. La plante a été reconnue par le *Livre Guinness des records* pour sa production de 32 000 tomates d'un poids total de 522 kg. Elle produit des milliers de tomates en même temps sur un seul pied. Yong Huang, directeur de science agricole à Epcot, a découvert ce plant unique à Pékin. Huang en rapporta des graines à Epcot et fit construire une serre spécialisée. Celles qui ont la taille d'une balle de golf sont servies dans les restaurants du parc. En empruntant le parcours en bateau Living with the Land du parc d'Epcot, on peut voir ce gigantesque pied.

Ses variétés cultivées

La tomate, dont l'appartenance à la famille des *Solanacées* avait été reconnue par les botanistes de la Renaissance, avait été classée scientifiquement par Linné en 1753 dans le genre *Solanum*, avec comme nom binomial *Solanum lycopersicum*. En 1768, Philip Miller, considérant qu'elle différait substantiellement des autres espèces du genre *Solanum*, la reclassa et la renomma *Lycopersicon esculentum*. Bien ballottée dans ses noms comme dans ses voyages, voilà le nom formellement correct de notre belle. Ce nom est toujours utilisé pour la réglementation phytosanitaire internationale.

La sélection faite par les hommes a privilégié les plantes à gros fruits. On distingue cependant plusieurs catégories, selon le mode de croissance de la plante, indéterminé ou déterminé, et surtout selon le type de fruits :

- les variétés à fruit plat ou côtelé, de type Marmande, dont le poids est élevé, puisqu'il peut dépasser 1 kg ;
- les variétés à fruit arrondi, dont le poids varie de 100 à 300 g, pour lesquelles il existe des hybrides dont les fruits se conservent longtemps ;
- les variétés à fruit allongé avec une extrémité arrondie, de type Roma, ou pointue, de type Chico. Ces dernières sont destinées à l'industrie. Elles ont toutes un port déterminé et leurs fruits répondent à un certain nombre de critères technologiques liés à leur transformation. Certaines même se prêtent à la récolte mécanique ;
- les variétés à petits fruits : tomate cerise, cocktail ;
- les variétés de diversification : de formes et de couleurs variées ;
- les variétés sauvages des régions de l'Amérique du Sud, du Chili, de l'Équateur ou des Iles Galapagos, pour la plupart à fruits verts ou noirs, ne sont pas comestibles, sauf *Solanum pennellii*, la tomate-groseille, à fruits rouges de très petite taille, qui est à la base du vrai Ketchup.

En Europe, certaines cultures régionales caractérisées souvent par l'emploi de variétés locales ont été distinguées par des appellations protégées. C'est le cas en Italie, de la tomate de Pachino (pomodoro di Pachino) et de la San Marzano (pomodoro San Marzano dell'Agro Sarnese-Nocerino) qui bénéficient du label IGP (indication géographique protégée).

Enfin, notons que les termes utilisés pour la décrire font référence à ces quatre critères :

- sa couleur : blanche, jaune, noire, orange, rose, rouge, verte, violacée, violette, zébrée ;
- son apparence : allongée, cerise, cerise hybride, cocktail, en forme de cœur, côtelé, en grappe, grosse, oblongue, petite, très grosse ;
- sa chair : à cuire, bonne, dense, douce, ferme, parfumée, à peau épaisse, rustique, savoureuse ;
- ses caractéristiques de production : port (déterminé, indéterminé, compact), précoce, productive (moyennement, peu, très), régulière, résistante, tardive, tolérante (au climat humide, à la chaleur).

Cocorico ! Avignon, siège international

Tous les pays producteurs de tomate, à l'exception du Brésil, sont représentés par leurs organisations professionnelles de producteurs et d'industriels transformateurs au sein du Conseil mondial de la tomate d'industrie, WPTC, créée en ami 1998 et dont le siège social est à Avignon.

Les pays méditerranéens sont regroupés dans l'association méditerranéenne internationale de la tomate, Amitom, fondée en 1979 et dont le siège est également à Avignon. Cette organisation rassemble des associations professionnelles de cinq pays européens, Espagne, France, Grèce, Italie, Portugal, cinq pays hors Union Européenne, Israël, Égypte, Maroc, Tunisie, Turquie, et neuf membres associés provenant d'Algérie, des Émirats arabes unis, de Malte, d'Ukraine, d'Iran et de Syrie.

Attardons-nous sur les plus délicatement gourmandes

Impossible de vous recenser toutes ses variétés existant à travers le monde. Les spécialistes prétendent qu'il y en aurait des milliers. Et puis, vous resteriez sur votre faim puisque vous ne pourriez pas forcément toutes les acheter. Certaines, bien locales, ne peuvent pas se transporter. Il faut être dans le village pour les goûter… Ainsi, celles que je vous propose sont non seulement des plus savoureuses, mais aussi très faciles à trouver.

La « Marmande », et sa légende de la « Pomme d'Amour »

À Marmande, dans le Lot-et-Garonne, la « Confrérie des Chevaliers de la Pomme d'Amour » raconte comment un galant rapporta des Îles les premières graines de tomate pour les offrir à sa belle. Elle est beaucoup cultivée car sa croissance est vigoureuse, productive et précoce. Elle devient très vite une belle tomate. Et si elle est tant appréciée, c'est grâce à sa saveur franche, sa chair ferme, juteuse et sucrée.

Nature ou en salade, elle se contente de peu pour être succulente. Un simple filet d'huile d'olive lui suffit. Sa forme, rappelant une petite citrouille, est parfaite pour la farcir ou pour la préparer à la provençale.

Trois merveilleux rouges

La Cuostralee, la Delicious, la Plasset (en grappes pour cette dernière), ont une chair ferme et très parfumée. Elles se dégustent à la mode qu'il vous plaira.

Patientez jusqu'aux beaux jours

Un peu, beaucoup, passionnément... De goût ! Aujourd'hui, certains dissertent, racontent la même chansonnette, sur son goût, celui qu'elle avait dans ce grand jardin d'antan. Il est vrai que depuis les années 1980, on a trop travaillé sur l'aptitude à la conservation. Et voilà que les choses ont commencé à se dégrader. La colère monte chez les défenseurs du « vrai goût » de la tomate.

Que faire ? Émerveillez vos papilles en les dégustant de mai à octobre selon votre région. Si vous ne pouvez vous en passer l'hiver, faites des conserves, des coulis, des tomates séchées... Et ne mangez que celles que vous aurez vous-même conservées.

Enfin, plutôt que de vous désespérer, repérez les meilleures lorsque vous voyagez. « En Provence, ce sont les meilleures, chacune a presque un goût unique », explique Christian Étienne, ce talentueux chef qui était installé à Avignon et que l'on a surnommé le « Pape de la tomate ».

Ne gâchez rien, prenez un malin plaisir à guetter les étals des commerçants au marché. Vous les apercevez, arrondies comme de belles pommes, les tiges de la grappe, un vrai délice pour le nez et la vue... Formidable ! Ça sent bon l'été !

La « Cœur-de-Bœuf »

Elle est généralement très grosse, de couleur rouge rose, en forme de cœur, ronde avec son extrémité pointue. Elle est très célèbre, recherchée parce que sa chair est dense, fondante, juteuse, parfumée et sans graines. Côté cuisine, tout lui sied : nature, en salade, en sauce, en légume d'accompagnement, en confiture...

La « Beefsteak »... de la famille des « Cœurs-de-Bœuf »

Elle fait partie de la famille des Cœurs-de-Bœuf, reconnaissables par sa grosseur à chair pleine, fondante, très juteuse et presque sans graines. Elle se pare parfois d'une couleur orange, jaune, blanche. Elle est tellement savoureuse nature, coupée en tranches dans une salade qu'il est presque dommage de la cuire.

La « Verte »

Vous serez peut-être tenté de la croire pas mûre ou insipide. En fait, elle ne contient pas de lycopène, ce pigment rouge. Pour connaître son degré de maturité, il faut simplement la palper.

La Green Zebra est sans aucun doute la plus succulente. Elle est très jolie, avec sa belle robe striée. Vous apprécierez son juste équilibre entre l'acide et le sucré.

La Raisin Vert, formant des grappes de petites tomates cerise vertes, est à la fois fruitée et épicée.

Souvent juteuses, toutes ces tomates vertes se savourent en salade. Pour des conserves de tomates pelées, l'Evergreen, avec sa chair dense et sucrée, est parfaite.

La « San Marzano »

Elle est la plus célèbre que les Italiens font sécher dans tout le Sud du pays, surtout en Campanie. D'ailleurs, on l'a surnomme « Or Rouge » dans la région ! D'une élégante forme allongée, elle est charnue, peu juteuse, avec très peu de graines. Elle se déguste également pelée, en conserve.

La « Blanche »

Pas franchement blanche, pensez-vous… Pourtant sur le plan botanique, elle l'est ! Complètement dépourvue de lycopène, ce pigment rouge qui colore la plupart des tomates, elle s'habille d'une couleur laiteuse lorsqu'elle est jeune. À maturité, elle devient jaune, parfois avec des reflets légèrement rosés. Ses amateurs aiment surtout sa bonne teneur en sucre et son arôme subtil. La White Wonder ou la Merveille Blanche, la Douce de Picardie et la Reine Blanche sont sans aucun doute les meilleures. Elles excellent nature avec une pointe de sel, en coulis, confites au four ou en confiture.

La « Roma »

Elle est l'illustre représentante de la tomate typiquement italienne, ovale et plus ou moins allongée. Cette famille regroupe des variétés aux noms rêveurs comme Napoli pasta ou Ropreco paste. Sa chair est pleine, farineuse, et avec peu de pépins. Elle s'épanouit une fois mijotée. Elle se cuisine en conserve ou en pulpe.

La « Cornue des Andes »

Elle est l'emblème de la famille dite « piment ». De forme allongée avec une extrémité plus ou moins pointue, elle peut atteindre jusqu'à 18 cm de long. Sa chair dense, peu juteuse, contient peu de graines. Ses connaisseurs adorent sa saveur presque brute. Elle se complaît particulièrement en coulis, en conserve au naturel, confite au four.

La « Cerise »

Petite, ronde, ovale, en cœur, en poire, rouge, jaune, orange, blanche, noire… sa forme et sa couleur sont attrayantes. Généralement juteuse, vous l'apprécierez nature, en salade ou en brochette.

La « Noire »

La Noire de Crimée est la plus connue. Toutes aussi délicieuses, Prune Noire de Russie, Black Zebra, Cherokee Purple, et Black from Tula sont plus confidentielles.

Sa robe sombre et moirée se fait la part belle dans une salade avec d'autres tomates colorées. Souvent juteuse, avec une note un brin épicée, elle se tient du début à la fin du repas, en salade, en jus, en soupe, en légume d'accompagnement, en chutney.

L'« Orange »

Toutes ses variétés ont un point en commun, leur bonne teneur en sucre et en bêta-carotène, avec des notes plus ou moins acidulées. La variété Orange Bourgoïn (ou Bourgeois), pas plus grosse qu'une balle de golf, est très réputée pour sa chair fruitée et son arôme raffiné. Il vous faudra découvrir aussi la généreuse et sublime Kegtucky Beefsteak. Quelle que soit la variété, elle adore se faire cuisiner de mille façons (nature, confite au four, séchée, farcie ou en confiture…). Sa couleur carotte donne de la bonne humeur à votre assiette.

L'« Ananas »

On la classe dans la famille des bigarrées, c'est-à-dire teintées de couleurs variées. Elle doit son nom à sa chair pleine, ponctuée circulairement de minuscules petits trous gorgés de jus, tel un ananas tranché. Divine, elle se prête à toutes les fantaisies en cuisine. Ce n'est pas pour rien que les grands chefs de la gastronomie française lui laissent la première place dans leurs mets.

La « Miel du Mexique »

Variété ancienne, les initiés du bon et beau savent que c'est l'une des meilleures tomates cocktails, peut-être même LA meilleure. À la fois croquante et très juteuse, elle développe des arômes infiniment sucrés, évoquant la douceur du miel. Elle se savoure nature, dans des salades composées, des cakes salés, se confit au four. Laissez-les en grappes, c'est ravissant pour l'apéritif.

La « Ravissante à Farcir »

Observez la jolie forme en poivron ou en piment de la tomate à farcir. Elle appartient en effet à un petit groupe qui a la particularité d'être creusé et ondulé. La Striped Cavern, rouge zébré d'orange, et la Zapotec, dodue et multicolore, sont pimpantes et excellentes dans leur saveur. Toutes les deux rappellent la chair ferme et peu juteuse des belles Italiennes, ovales, et la forme oblique de leurs cousines solanacées. Coquines, elles ne se révèlent vraiment que lorsqu'elles sont cuites… Une splendide saveur fruitée !

La « Jaune »

Sa couleur tangue entre le jaune poussin et le jaune indien. Elle balance entre la forme allongée, comme la Banana Legs, ou ovale, aplatie, en forme de poire, de citron Wonderlight. Peu sucrée, peu juteuse, elle est en revanche très fondante et divinement parfumée. Celles-ci sont idéales en sauce, en confiture. Vous pouvez aussi les sécher.

Les variétés Téton de Vénus Jaune et Yellow Perfection, elles, sont exceptionnellement juteuses. Faites sensation en les présentant nature ou en salade, ou sur une pizza !

Autrefois, elle était d'une autre couleur

Il paraît que la tomate était de couleur jaune lorsqu'elle a été découverte. Elle est devenue rouge à la suite d'un pigment que les chercheurs ont ajouté pour la rendre plus séduisante et plus appétissante.

La « Rose »

Contemplez sa peau fine, claire, tirant sur le rose framboise. Deux stars : la Rose de Berne et la Brandywine. Leur chair, quelque peu semblable à celle de la cœur-de-bœuf, est juteuse, sucrée, parfumée. Aussi délicate que sa cousine orange, elle se plaît en salade, confite au four, en sauce, en confiture, en conserve.

Ses extraordinaires symboliques

Chez les Bambaras

Pour ce peuple d'Afrique de l'Ouest (Mali, Sénégal, Guinée), elle est un symbole de fécondité, et les couples doivent en manger avant de s'unir…

Aux États-Unis

C'est l'emblème officiel de certains États américains comme l'Arkansas où la South Arkansas Vine Ripe Pink Tomato, variété à fruits roses, est fruit et légume officiel ; la Louisiane, où la variété Créole tomate est légume officiel ; le New Jersey ; l'Ohio, où le jus de tomate est depuis 1965 la boisson officielle de l'État et où la tomate est le fruit officiel depuis avril 2009 ; le Tennessee…

En politique

Le parti socialiste néerlandais a adopté comme symbole une tomate rouge qui figure dans son logo…

2

Petite leçon de jardinage bio

Osez l'aventure et laissez s'exprimer votre créativité ! C'est une sensation presque sensuelle, un joli retour vers la nature, vers les saisons, que vous apprendrez à respecter. Votre potager sera votre nouveau salon, où il fera bon y vivre. Quelle merveille, votre tomate sera unique ! À faire pâlir d'envie tous vos voisins…

Et puis, avantages non négligeables, elle sera moins chère, à portée de main, fraîche, savoureuse, indemne de résidus de produits de traitements. Dernier délice… Une activité physique en plein air à 0 € !

« Si vous n'essayez jamais,
vous ne réussirez jamais, mais si vous essayez,
vous risquez de vous étonner vous-même. »

Lama Thubten Yeshe

Cultiver soi-même ou les 10 commandements du parfait jardinier

Jardinez votre tomate selon votre fantaisie, c'est tout à fait possible. Cependant, si vous voulez mettre toutes les chances de votre côté, il vous faudra respecter ces 10 règles d'or qui s'imposent pour préparer, entretenir, soigner bio n'importe quel potager.

❶ Respecter le calendrier

Semer ou planter la bonne variété à la bonne date, est une règle élémentaire. Aussi tenez compte des particularités de votre climat. La partie nord-est de la France se caractérise par des hivers rigoureux et des étés souvent frais. La partie sud-ouest bénéficie d'hivers relativement doux et d'étés chauds. Cette répartition géographique des zones correspond non pas à une unité de climat, mais à deux critères principaux : les températures estivales pour la maturation des légumes nécessitant de la chaleur ; l'isotherme de janvier pour les légumes qui passent l'hiver dehors.

A) En mars je sème mes tomates (sous abri) ; en mai je plante mes tomates.

B) En février je sème mes tomates ; en avril je plante mes tomates.

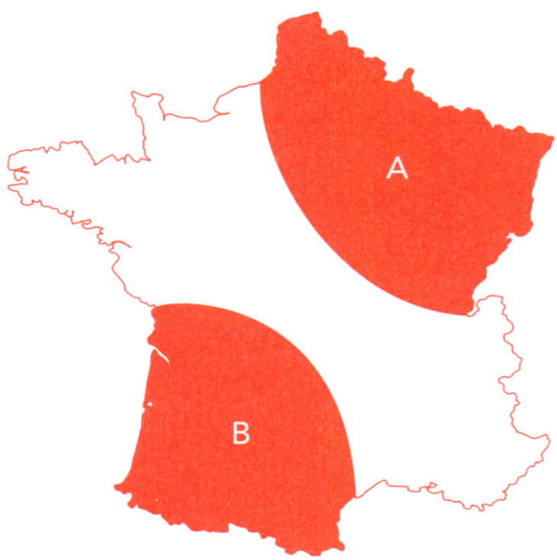

❷ Élire le bon emplacement

Choisissez l'endroit de votre terrain le plus plat, le mieux exposé au soleil, le plus abrité du vent et où la terre semble facile à travailler, sans trop de cailloux. Soyez attentif à ces détails, car cela ne se corrige pas.

Dans le choix de l'emplacement, évitez dans la mesure du possible :

- la proximité de grands arbres qui font de l'ombre et dont les racines assèchent le sol jusqu'à plus de 10 m de tronc.
- une pente, même légère, orientée au nord si vous êtes dans une région fraîche (nord-est de la France), le réchauffement printanier y sera plus lent, au détriment de vos tomates !
- si vous héritez d'une terre chamboulée par un récent chantier, lancez-vous malgré tout. Vous allez vite l'améliorer au fil des années, si vous observez tous ces fondements.

Mieux connaître la composition de votre sol

Pour savoir si vous pouvez cultiver de belles tomates sur votre terrain, observez les mauvaises herbes qui y poussent. S'il pousse des ajoncs, des bruyères, des véroniques, des prêles, des genêts, digitales et fougères, votre terrain a de fortes probabilités d'être aussi acide qu'une terre de bruyère (pH inférieur à 5). En revanche, si vous y voyez une grande quantité de coquelicots, de bleuets, de chardons, de serpolet, de primevères, de sureaux ou de campanules, il est sûrement calcaire (pH supérieur à 7,5).

Les tomates s'installent plutôt bien dans une terre acide. Bien sûr, si la vôtre est trop acide, vous pouvez essayer de la modifier en y ajoutant de la chaux. Cependant, rappelez-vous que les Anciens disaient : « Si la chaux enrichit le père, elle appauvrit le fils ! »

❸ Avoir les bons outils

La houe

Cet outil sert à décaper la végétation présente sur le terrain avant la mise en culture, tout en ameublissant la surface du sol. Il coupe grâce à l'élan que vous allez donner à la lame. Celle-ci doit être affûtée régulièrement à l'aide d'une lime. Une houe émoussée rend le travail inefficace et pénible… Nettoyez impérativement votre lame après chaque usage.

La biobêche

Cet outil porte d'autres noms, suivant le modèle et le fabricant. On le nomme également biofourche, grelinette, biogriffe, ou fourche à bêcher. Il est conçu pour rendre le travail de la terre efficace, ergonomique et respectueux de la biologie. Ceci le distingue de la bêche traditionnelle. La biobêche va vous permettre de travailler plus facilement en reculant sans difficulté et sans avoir à soulever la terre. Attention, elle ne retourne pas la terre, elle l'émiette.

Le croc à fumier

À l'origine destiné à la manutention du fumier, cet outil à dents s'avère indispensable au jardin pour émietter et niveler la terre après le bêchage. Si la terre est très meuble, le croc peut très bien remplacer la bêche dans la préparation du terrain.

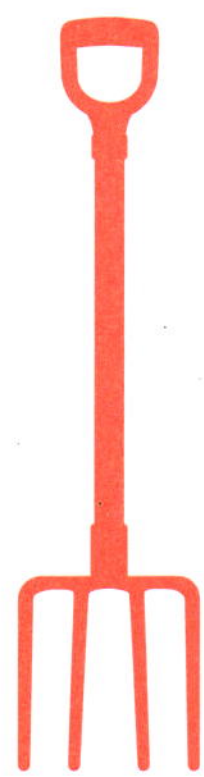

Le râteau

Il sert à niveler et affiner la terre de surface lors de la phase finale de la préparation du sol en vue d'un semis. Utilisé à l'envers, il permet de refermer les sillons et tasser la terre. Pour plus de commodité, veillez à ce que son manche soit long.

La serfouette

Elle comporte deux parties : une pointue, en forme de feuille de laurier, servant à tracer les sillons ordinaires ; une large réservée aux sillons larges.

Le cordeau

C'est l'outil tout simple composé de deux pointes de bois de 30 à 40 cm de long, reliées par une cordelette tressée en synthétique d'environ 10 m de long. L'emploi du cordeau est indispensable pour réaliser des rangs de plantations bien droites et bien espacés, ce qui facilite les opérations de culture et optimise l'utilisation du terrain. Vous l'avez compris, c'est un outil indispensable pour vos jolies plantations de tomates.

La binette

Elle sert à ameublir la terre sur les premiers centimètres entre les plantes. Cela permet, en aérant, d'activer la nutrition biologique des cultures (effet d'un engrais « coup de fouet »), de détruire les mauvaises herbes et d'économiser les arrosages. Son manche doit être long. Affûtez la lame régulièrement pour la rendre plus performante.

❹ Connaître les 3 bonnes étapes de la préparation

La procédure sera la même si vous avez à défricher un bout de terrain pour en faire votre potager, ou si vous reprenez votre potager au printemps, après un hiver d'abandon.

1re étape : le défrichage

Procédez entre février et juin, ce qui vous permettra de mettre en culture sans tarder la partie défrichée. Pour vous débarrasser de l'herbe, vous avez plusieurs solutions.

Si votre surface est importante : le mieux est de faire intervenir un jardinier équipé d'un motoculteur avec charrue, de façon à enfouir l'herbe. Vous passerez ensuite directement à la 3e étape.

Si votre surface est petite : décapez vous-même à l'aide d'une houe bien affûtée, sans chercher à aller profondément. Laissez les herbes coupées se décomposer à la surface pendant deux à trois semaines. Si vous êtes pressé, rassemblez le tout avec un croc à fumier. Mettez ces matériaux sur le tas de compost (recycler les déchets du jardin, sous forme de compost est l'une des bases du jardinage bio) et passez aussitôt à la phase suivante.

La solution la moins pénible : couvrez votre parcelle à défricher avec de vieux tapis ou des morceaux de moquettes. Lestez bien les bords avec de gros morceaux de bois, des pierres ou des sacs remplis de sable. L'herbe, alors privée de lumière, dépérira. Une fois dépérie, elle sera digérée par les vers, les limaces, les bactéries et autres êtres vivants du sol. Attendez 2 à 3 mois en été, 6 en comptant les mois d'hiver.

2e étape : l'ameublissement

À l'aide la biobêche, travaillez la terre sans chercher à aller à la profondeur maximale, afin de ne pas vous fatiguer… Vous ferez un second passage plus profond, une ou deux semaines après. Extirpez les plus grosses racines, mais ne cherchez pas à enlever tous les débris végétaux. Ceux-ci participent au démarrage biologique de votre terre. Passez tout de suite à la dernière phase.

3e étape : la finition

Munissez-vous du croc à fumier, brisez les mottes et rassemblez les débris végétaux. Jetez ces derniers sur le tas de compost. Profitez de ce travail pour niveler votre terre.

❺ Éviter les erreurs classiques

Trop travailler la terre

Bêcher, passer le croc encore et encore… Arrêtez ! Remuer trop souvent la terre, c'est épuisant pour vous, mais aussi pour votre terre ! En effet, il faut savoir qu'à chaque fois que vous travaillez vos particules de terre, celles-ci sont exposées à l'air et au soleil, ce qui détruit de l'humus. Ce processus a l'avantage de libérer des aliments pour les plantes, par voie biologique, mais trop c'est trop… En libérer trop d'un seul coup devient du gaspillage.

Mettre trop d'engrais

Même bio, les engrais sont d'un maniement délicat. L'excès fragilise les plantes et compromet la qualité des récoltes. Ne pas en apporter du tout, ce n'est pas grave, du moins au début. Vous démarrez votre potager, il va bénéficier du stock d'humus accumulé pendant une période de jachère ou des réserves d'éléments fertilisants, s'il s'agit d'un jardin anciennement cultivé. Pourtant, au bout de deux ou trois ans, l'état de grâce prend fin... Ce sera le moment de penser à investir dans un sac d'engrais naturel.

Enlever tous les cailloux

Débarrasser les pierres qui se trouvent dans votre terre, ou tamiser celle-ci, est une opération inutile. Plus, elle peut nuire à votre sol en l'asphyxiant. Contentez-vous d'enlever uniquement les plus grosses pierres.

❻ Arroser avec de l'eau de pluie

Souvent dans le Midi les jardins sont irrigués grâce à une source et un réseau de rigoles qui répartit l'eau. Ailleurs, il arrive qu'ils bordent une rivière où il est commode de prélever l'eau nécessaire pour arroser les cultures. Ces eaux sont non seulement excellentes... Et gratuites !

Si ce n'est pas votre cas, il vous faudra recueillir l'eau de pluie afin de ne pas alourdir votre facture et peser sur les captages d'eau potable. Cela suppose la présence de toitures équipées de gouttières. Par exemple, le toit d'une cabane de jardin de 10 m^2 au sol permet de récupérer théoriquement sur une année 6 à 10 m^3 d'eau suivant la région. Difficile de stocker tout ce volume ! Sachez qu'une réserve de 1 ou 2 m^3 vous permettra tout de même de remplir une bonne centaine d'arrosoirs. De quoi arroser largement votre petit jardin de tomates !

Une citerne enterrée existante

Il y a souvent une citerne enterrée dans les jardins jouxtant une maison ancienne. Pour remonter l'eau plus facilement, installez une pompe électrique de surface si la profondeur ne dépasse pas 6 m. Autrement, optez pour une pompe immergée. Vous pouvez arroser directement avec le tuyau raccordé à la pompe. Une astuce idéale : ayez une réserve en surface, telle qu'un bac ou un fût ouvert. Ainsi, l'eau prendra la température ambiante et vous la prélèverez facilement avec des arrosoirs.

Une citerne de surface

C'est la solution la moins coûteuse lorsqu'il faut installer un système de récupération. Il en existe dans le commerce à tous les prix.

Tout doit être pratique et simple pour vous, amateur de jardinage. Aussi, prévoyez une citerne équipée d'un système de dérivation que vous activerez lorsqu'elle sera pleine. Installez-la à l'arrivée de la descente de gouttière sur un support très stable, en sachant qu'1 m^3 d'eau pèse une tonne, et suffisamment haut pour pouvoir placer l'arrosoir sous la vanne éventuelle. Vous pouvez puiser l'eau à l'aide d'une pompe ou d'une vanne quart-de-tour si vous souhaitez remplir des arrosoirs.

Ne vous inquiétez pas si l'eau de votre citerne verdit. C'est tout à fait naturel si elle est exposée plusieurs jours au soleil. La présence d'algues microscopiques ne nuira pas à vos tomates. Bien au contraire !

7 Faire son compost

Recycler les déchets du jardin sous forme de compost est l'une des bases du jardinage bio. Cela permet d'entretenir la fertilité du sol, notamment par l'apport d'humus. Épandez le compost à volonté, de préférence au printemps et à l'automne, dès qu'il devient brun et d'odeur agréable. Si vous disposez de fumier, ne vous en privez pas. Apportez-le de préférence en automne à même le sol. Les vers de terre se chargeront de l'enfouir. Une fois épandus, compost et fumier doivent laisser voir la terre. Si ce n'est pas le cas, c'est que vous en avez beaucoup mis !

Que puis-je composter ?

Des discours complètement contradictoires émanent souvent des collectivités en charge de la gestion des déchets. À votre échelle de jardin ou de jardinière sur votre balcon, vous pouvez incorporer tout ce qui est d'origine végétale et animale : feuilles, tiges, rameaux broyés, racines, fruits, épluchures et autres restes alimentaires (huile de friture, produits abîmés, marc de café), papier journal, essuie-tout, carton, objets biodégradables (gobelets, assiettes), fumier. Précision importante : le tout dans les quantités produites quotidiennement dans votre famille. Ne tentez pas de composter une collection de magazines ou toutes les tontes de gazon de votre quartier !

Ajoutez à votre compost des engrais naturels du commerce. Appliquez ces engrais, l'équivalent d'une boîte de conserve pour 10 m², au printemps, lors des opérations de préparation de votre sol, pas plus d'une fois par an.

Bonnes idées : disposez si possible de deux bacs ou silos à compost. L'un se remplit, pendant que l'autre travaille. Récupérez le maximum de matériaux dans le jardin, éventuellement un peu à l'extérieur, fumier, feuilles mortes... Mélangez les ingrédients secs et humides, fins et grossiers.

8 Semer des engrais verts

On appelle engrais verts les plantes qui travaillent la terre avec leurs racines, mieux que vous avec une bêche, puis qui l'enrichissent lorsqu'elles se décomposent. C'est la technique bio par excellence. Elle permet d'améliorer la qualité de son sol à l'aide de plantes semées spécialement.

Bénéfice supplémentaire, l'engrais vert empêche les mauvaises herbes de pousser. Rassurez-vous si vous êtes débutant, c'est tout à fait à votre portée !

Dans toute la gamme disponible, préférez la moutarde, la vesce ou la phacélie. Ces deux dernières ont l'avantage de pousser vite et seront détruites par le gel hivernal, ce qui vous évitera d'avoir à les tondre, à les faucher et à les enfouir par bêchage.

Semez l'engrais vert en juillet ou en août, au moment de l'année où le terrain commence à se libérer dans votre potager. Contentez-vous de niveler grossièrement le sol à l'aide du croc et d'enlever les mauvaises herbes. Il vous suffit ensuite de semer vos engrais verts.

De nombreuses espèces de plantes sont utilisées comme engrais vert et la liste s'agrandit régulièrement. Les voici classées par familles avec leurs principales caractéristiques et périodes de semis.

Les brassicacées

Ce sont des espèces vigoureuses, qui se développent rapidement et concurrencent efficacement les mauvaises herbes. De plus, elles libèrent des composés soufrés qui désinfectent le sol et captent efficacement l'azote dans le sol, évitant qu'il se lessive.

La plupart des ces espèces ont une racine pivot plus ou moins importante qui s'enfonce profondément et décompacte le sol. En fleurs, ce sont des plantes qui attirent les insectes butineurs.

Par contre, ces engrais verts font partie de la même famille que de nombreux légumes. Il ne faut pas les cultiver avant ou après des légumes de cette même famille : choux, radis, navets, roquette etc. Autrement, ils peuvent devenir des réservoirs à ravageurs et maladies communes à ces espèces.

Les brassicacée	Semis	Caractéristiques
Moutarde	Mars à septembre	Pousse rapidement. Implantation facile.
Radis fourrager	Juin à septembre	Décompacte le sol. Efficace en terre lourde.
Colza fourrager	Août et septembre	Bisannuel, fleurit la deuxième année.
Caméline	Avril à septembre	Peu exigeante.

Les légumineuses

Toutes les plantes de cette famille ont la particularité de fixer l'azote de l'air dans le sol. Elles sont donc très intéressantes utilisées en engrais vert et vont enrichir le sol en azote plus efficacement que les autres espèces.

Mais la plupart d'entre elles se développent plutôt lentement et peuvent être concurrencées par les herbes indésirables. De plus elles doivent rester longtemps en place pour être vraiment efficace (4/5 mois). À utiliser de préférence comme engrais vert d'hiver ou à rotation longue.

Les légumineuses	Semis	Caractéristiques
Pois fourrager	Mars à septembre	Bonne production de biomasse.
Févérole	Mars à mai et août/septembre	Peu couvrante, à associer.
Vesce	mars à mai et août/septembre	Bonne couverture du sol.
Luzerne	Mars à mai et août/septembre	Système racinaire profond. Résiste à la sécheresse. Préfère les terres calcaires.
Trèfle blanc	Mars à mai et août/septembre	Difficile à supprimer.
Trèfle incarnat	Août à septembre	Plus facile que le blanc à supprimer.
Sainfoin	Mars à mai et août/septembre	Pousse bien en sol pauvre et sec. Préfère les terres calcaires.
Mélilot	Mars à mai	Attire les auxiliaires. Bonne couverture du sol. Certaines espèces bisannuelles.

Les graminées

Les graminées développent un système racinaire dense et profond qui structure le sol et l'ameublit efficacement. De développement assez rapide, ils peuvent être fauchés 3 mois après le semis généralement.

Contrairement à la plupart des autres engrais verts, ils sont riches en carbone qui, en se décomposant, va augmenter la dose d'humus dans le sol. Mais pour cela, il faut qu'ils se développent suffisamment (4/5 mois).

Les graminées	Semis	Caractéristiques
Seigle	Septembre/octobre	Système racinaire profond et très dense. Inhibe la pousse de certaines autres plantes.
Avoine	Mars/avril et septembre/octobre	Système racinaire profond.
Orge	Mars/avril et septembre/octobre	Pour sol calcaire.
Tricticale	Septembre/octobre	
Blé	Septembre/octobre	
Ray-grass	Mars/avril et septembre/octobre	Bonne couverture du sol. Risques de repousses.
Moha	Avril à août	Résiste à la sécheresse. Bonne couverture du sol. Chaleur nécessaire.
Sorgho	Mars à août	Bonne production de biomasse. Bonne couverture du sol.

Autres engrais verts

Autres engrais verts	Semis	Caractéristiques
Sarrasin	Avril à août	Croissance très rapide. Préfère les sols pauvres et acides. Résiste à la chaleur mais pas au gel. Inhibe la pousse de certaines autres plantes.
Phacélie	Mars à septembre	Croissance rapide. Implantation facile. Mauvaise germination > 20°.
Lin	Mars à juin	Décompacte le sol. Efficace en terre lourde. Riche en carbone
Bourrache	Mars à septembre	
Épinard	Mars à juin et août/septembre	Comestible. Capte efficacement l'azote.
Tournesol	Avril à août	Riche en carbone. À associer.

POUR LES RADINS DU JARDINAGE

Il est possible d'utiliser plusieurs produits naturels en guise d'engrais. Vous les trouverez régulièrement et facilement à la maison. Voici quelques exemples.

Le marc de café

Les résidus des filtres à café sont utilisables comme engrais. C'est bien connu, le marc de café est bénéfique pour enrichir la terre, surtout si vous avez décidé de cultiver vos tomates en pots sur votre balcon. Riche en vitamines comme l'azote et le phosphate, il est formidable pour vos jardinières. C'est un excellent fertilisant naturel pour la croissance et l'embellissement des plantes. Il suffit de verser le marc de café au pied de la plante et d'arroser légèrement pour qu'il se mélange bien. Cela permettra également d'éloigner les mouches et les vers qui ne supportent pas son odeur.

La peau de banane

Ne jetez pas vos peaux de bananes, elles sont très riches en potassium. Celui-ci optimise la croissance des plantes. Plus, il en stimule la floraison. Le potassium participe également à la bonne tenue. Pour utiliser cette peau de banane comme engrais, il suffit de la couper en petits morceaux et de l'enterrer aux pieds des plantes. Au fil du temps et des arrosages, le potassium sera extrait. Vous obtiendrez alors une terre bien alimentée en nutriments nécessaires pour vos plantations...

Les cendres de bois

Pour ceux qui chauffent leur maison avec un poêle à bois, une cheminée ou ceux qui font régulièrement des barbecues, il est utile de garder les cendres du bois brûlé pour les utiliser comme engrais naturel. Elles sont très concentrées en apports nutritifs très efficaces pour la croissance et l'embellissement des plantes. Pour les utiliser, il faut commencer par les tamiser pour obtenir une poudre bien fine à mettre ensuite au pied des plantes.

Avec une grande quantité de cendres, il est aussi possible de les mélanger dans de l'eau, puis d'arroser votre jardin. Cela fait fuir les limaces et escargots et protège les arbustes des maladies.

Les coquilles d'œufs

Les coquilles d'œufs ont la particularité d'être riches en calcium, qui constitue un minéral dont les plantes ont besoin. Pour les utiliser comme engrais naturel, il faut les faire sécher pendant une journée ou deux et les broyer avec un rouleau à pâtisserie ou un moulin à café. Ensuite, il suffit de répandre la poudre obtenue, au pied des plantes en mélangeant bien la terre.

L'eau de cuisson

Très peu de gens y pensent, mais l'eau de cuisson est réellement bénéfique pour les plantes. Ne jetez plus l'eau de cuisson de vos légumes, œufs, pâtes et autres jus de cuisson alimentaires. Riche en vitamines, sels minéraux et autres apports nutritifs issus de la cuisson des aliments, cette eau peut servir d'engrais. Mettez-la de côté, laissez-la bien refroidir et arrosez ensuite vos plantes et fleurs avec.

Les orties

Étonnant, non ? Cette plante que tout le monde fuit peut bel et bien servir d'engrais naturel. Très riche en azote, elle apporte des éléments nutritifs indispensables à la bonne santé des végétaux. Elle peut également permettre de repousser les parasites. Pour utiliser les orties, il faut les faire macérer dans beaucoup d'eau en plein soleil pendant 10 jours. Puis, ne gardez que la partie liquide et arrosez les plantes et fleurs avec cette concoction.

❾ Utiliser les petites bêtes

Afin d'éviter les attaques d'insectes ou de limaces, le plus simple est de s'assurer les services d'auxiliaires. Ces prédateurs et parasites, souvent très discrets, se nourrissent de chenilles, de vers blancs, de pucerons et autres ravageurs. Les insectes auxiliaires les plus connus sont les coccinelles, les syrphes, les chrysopes. Ils ne demandent qu'à s'inviter dans votre jardin. Il suffit de leur proposer des fleurs bien choisies, qu'ils aimeront butiner, et quelques sites tranquilles pour se cacher et établir leur nid.

Plantez des fleurs à insectes utiles en bordure de terrain. Vous pouvez également y consacrer une bande fleurie dans vos plants de tomates.

Proposez également des endroits tranquilles et laissez pousser l'herbe le long d'un mur ou d'une clôture. Le saviez-vous ? C'est le refuge idéal pour le hérisson, la musaraigne, l'orvet ou le crapaud commun, tous d'actifs insectivores. C'est encore mieux si vous disposez quelques pierres entassées ou des bûches empilées.

Les plantes les plus attractives

Vivaces : agastache, aster, fenouil bronzé, gaillarde, marguerite, rudbeckia. Plantez-les en octobre ou en mars.

Annuelles : alysse odorante, aneth, bourrache, coriandre, cosmos sulphureus, souci, zinnia. Semez-les en place en mars-avril.

Les arbustes les plus écologiques

La haie libre : argousier, cornouiller mâle, lierre, néflier, noisetier, rosier, églantier, sureau noir, sorbier, laurier-tin, laurier noble, conifères, symphorine, framboisier, cotonéaster.

La haie taillée : charmille, hêtre, houx, lierre, aubépine, buis, troène commun, fusain d'Europe, cornouiller sanguin, pyracantha.

⓾ Soigner son potager avec des plantes

Il existe des répulsifs pour repousser les petites bêtes nuisibles, à répandre à volonté dans son potager.

La décoction de tanaisie, répulsif naturel

Pour chasser les infectes ravageurs, réalisez une décoction de tanaisie (plante commune poussant au bord des chemins et fleurissent en été).

Pour cela, faites macérer 300 g de feuilles et/ou fleurs de tanaisie fraîches (ou 100 g de plante sèche) pour 1 l d'eau. Pulvérisez le liquide non dilué sur votre potager.

D'autres plantes peuvent aussi servir de répulsif : feuilles de sureau, genêt, fougère-aigle, romarin, en décoction ou répandues à proximité de vos plantations.

L’extrait fermenté d’ortie, stimulant naturel

Pour stimuler vos cultures, l’extrait fermenté d’ortie est particulièrement recommandé. Appelé aussi purin d’ortie, il agit en stimulant les défenses naturelles des plantes cultivées face aux agressions des ravageurs, des maladies, du climat froid, sècheresse... Pour le réaliser, utilisez la grande ortie, à récolter du printemps à l’automne (tiges feuillées, avec éventuellement des fleurs, des graines, des racines).

Prenez un récipient en plastique, ou émaillé, d’une contenance d’au moins 5 l d’eau, par exemple un seau, et remplissez-le d’orties grossièrement découpées au sécateur. Posez une pierre ou un morceau de brique par-dessus afin de les tasser, et recouvrez d’eau de pluie. Posez un couvercle non hermétique sur le seau pour ralentir l’évaporation de l’eau. Vérifiez régulièrement son niveau et ajoutez de l’eau s’il baisse. Au bout d’environ 2 semaines, l’extrait fermenté est prêt à être utilisé. Il se conserve ainsi pendant plusieurs mois.

Pour l’utiliser, filtrez à travers un linge et diluez à raison de 1,5 l pour 10 l d’eau. Une application par mois est préconisée, soit en arrosage au pied des plantes soit en pulvérisation sur les plantes.

Les astuces anti-allergies

Si vous souffrez d'allergies liées aux pollens transportés par l'air, il est difficile d'y échapper car ils sont éparpillés sur de grandes distances. Mais vous pourrez quand même réduire le niveau d'allergènes en ne plantant pas dans votre jardin de végétaux qui irritent vos bronches.

Familles d'arbres allergisants :

- bétulacées (aulne, noisetier, bouleau, charme) ;
- fagacées (châtaignier, chêne, hêtre) ;
- le cyprès, le saule, le peuplier... La liste est importante !

Dans les familles d'herbacées allergisantes, évitez le plantain, l'ortie, l'oseille, l'ambroisie, le pissenlit, l'amarante, l'absinthe. Là aussi, la liste est abondante...

Pour ne pas vous faire surprendre par les pics de pollen allergisants, je vous conseille de consulter régulièrement le calendrier pollinique mis en ligne sur Internet par le Réseau national de surveillance aérobiologique (RNSA) : www.rnsa.asso.fr. Les périodes de pollinisation varient suivant les années, (printemps précoce ou tardif), les régions (plus tôt dans le Sud que dans le Nord, en plaine qu'en montagne).

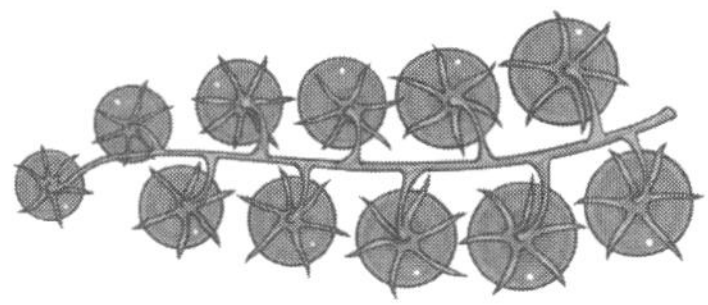

10 conseils pour cultiver les meilleures tomates

Voilà des conseils précieux afin d'obtenir les plus croquantes, les plus goûteuses, les plus juteuses... Il est vrai que la tomate est l'une des cultures les plus attrayantes si vous débutez en jardinage. Sachez que l'on peut faire pousser dans un tout petit potager de délicieuses tomates de toutes les couleurs.

Cependant, soyez patient, la croissance de cette plante est plutôt lente. On commence à récolter 4 à 5 mois après le semis, 2 à 3 mois après la plantation selon les variétés. Mais le résultat est tellement réjouissant et bon !

❶ La question à vous poser : « Est-ce que je peux le faire ? »

Pour pousser, la tomate a besoin d'eau, mais surtout d'énormément de soleil. On réussit à la cultiver plus facilement dans les régions à étés chauds et secs, et en situation abritée. Et oui, elle se plaît en ville !

❷ Sur votre balcon ou sur votre terrasse

Pour cultiver la tomate en pot ou en jardinière, il vous suffit de bien choisir les variétés adaptées et de suivre quelques précautions. Pour qu'elles soient ultra-hydratées, incorporez à la terre lors de l'empotage des sachets de thé déjà utilisés. Ils se gorgeront d'eau et feront office d'éponge, qui restituera l'eau au fur et à mesure des besoins de la plante.

Vous pouvez utiliser également les astuces d'économie d'eau indiquées pour le potager, comme le paillage. Sachez qu'il existe aussi des micro-goutteurs, des micro-brumisateurs, et micro-asperseurs « spécial jardinière », pour un arrosage précis, localisé uniquement au pied des tomates. Ils sont très commodes d'utilisation. Tous en kit, ils s'assemblent en un tour de main !

Les meilleures variétés adaptées à la culture en pots

Privilégiez les tomates à petits fruits, jusqu'à 150 g comme des tomates cerises et des variétés naines, à port compact, formant de petits buissons.

Les variétés suivantes sont disponibles en jardinerie et dans les principaux catalogues de graines : Black Prince, Green Zebra, Tomate Poire, Totem, Tiny Tim, Gnom, Ildi, Gold Nuggets, Tumbling Tom red, Tumbing Tom Yellow, Bistro, Birdie, Red Robin…

Amateur de variétés anciennes et originales, vous trouverez ces dernières sur le site Tomodori : 42 Days, Allure, Amber, Amber colored, Ampel Himbeerfarben, Andrina, Balcon Raüber, Balconi Red, Balconi Yellow, Beginner, Betalux…

❸ Vous démarrez votre culture

Pour la première fois, commencez peut-être avec des plants achetés, si vous vous sentez un peu désarmé. Espacez vos plants de 50 cm.

Vous pouvez aussi tenter le semis dans une caisse à poisson en polystyrène, une terrine ou tout autre récipient analogue rempli de terreau pour semis. En février, (sud-ouest de la France) ou mars (nord-est), déposez une graine tous les 3 cm et, à la fin, recouvrez d'1/2 cm de terreau. Placez près d'une fenêtre de la maison. Lorsque les plants font 10 cm de haut, repiquez-les sous un châssis ou un tunnel où ils resteront jusqu'à la mise en place définitive en pleine terre.

Pour un jeune plant en pleine forme !

De toute façon, quelle que soit votre méthode, n'oubliez surtout pas, avant la plantation, de placer des orties dans le fond du trou : elles apportent des oligo-éléments et de l'azote qui vont permettre à votre jeune plant de bien se développer.

Parmi les variétés rouges traditionnelles, la Marmande hâtive, côtelée et plate, est très précoce. La Saint-Pierre, elle, est ronde et plus tardive. Pour leurs qualités gustatives, je vous recommande la Green Zebra et la Rose de Berne (toutes les deux tardives), et la Noire de Crimée qui est plutôt précoce.

❹ Faites vos graines

C'est une espèce végétale essentiellement autogame, c'est-à-dire, que vous pouvez reproduire fidèlement la variété de votre tomate en utilisant les graines produites par le pied de cette dernière. Elle ne s'hybride généralement pas avec les variétés voisines. La méthode se pratique en deux étapes : la récole des graines et la macération des graines.

Étape 1 – Récolter les graines

Procédez tôt dans la saison. Les tomates les plus précoces, les plus belles, bien choisies, feront l'affaire. Récupérez les graines et du jus dans une tasse ou une boîte de pellicule photo. Rajoutez un peu d'eau s'il n'y a pas assez d'eau de végétation avec les graines. Selon la variété, il vous faudra une seule tomate comme une dizaine pour récolter assez de graines.

Étape 2 – Laisser macérer les graines

Laissez macérer les graines quelques jours à l'air libre, jusqu'au développement de moisissure à la surface. Surveillez le niveau d'eau, car à ce stade, il ne faut pas qu'il soit sec. Cette étape est importante car elle permet de débarrasser les graines de leur enveloppe, en la dissolvant par fermentation. N'oubliez pas de bien rincer les graines.

❺ Un arrosage idéal selon votre région

Une plantation demande 5 à 6 l d'eau. Si vous habitez dans le Nord, avec un terrain argileux qui retient bien l'eau, vous aurez besoin d'arroser vos plants une fois par semaine. Si vous habitez le Sud, votre terrain sera plus sableux, et il vous faudra les arroser tous les deux jours ; ou même tous les jours si vous êtes en bord de mer avec en plus du Mistral !

Mais l'important est de savoir doser, car si vous lui apportez trop d'eau, le plant va énormément se développer en feuilles et en tiges, mais il ne vous donnera pas pour autant plus de fruits.

Limitez, dosez parfaitement, mais laissez votre plant se débrouiller seul. Ne l'assistez pas trop. Il sait envoyer ses racines en profondeur s'il a besoin de plus d'humidité.

❻ Trois bons gestes

Les tuteurer

La tomate fait partie des plantes un peu molles qui ont tendance à se coucher sous le poids des fruits ou sous l'effet du vent. Pour remédier au problème, à la plantation ou peu après, piquez auprès de chaque pied un bâton bien rigide, taillé en pointe à la base, de 1,5 m de haut. Vous y arracherez la tige de vos belles avec du raphia, au fur et à mesure de sa croissance.

Les tailler et les pincer

Au cours de la croissance de la tomate, de petites pousses apparaissent à l'aisselle des feuilles. On les appelle « gourmands », car si on les laisse se développer, elles donnent de véritables tiges qui concurrencent la tige principale. Pincez ces gourmands entre le pouce et l'index, ou coupez-les carrément à l'aide d'un couteau s'ils sont déjà trop gros. N'hésitez pas à enlever ces tiges excédentaires, même déjà fleuries. Si les feuilles de la base de vos pieds de tomates s'abîment, coupez-les également. Bien évidemment, n'enlevez pas les feuilles saines !

Les pailler

Petites, grosses, ovales, pointues, peu importe leur forme, les tomates réclament beaucoup d'eau pour pousser. Le paillage est une technique excellente pour piéger l'eau et garder la terre humide. Faites cette opération un mois après la plantation des tomates. Pour ce faire, vous pouvez utiliser toutes sortes de matériaux, de préférence ceux que vous avez sous la main !

Pailler une culture consiste à couvrir le sol d'un paillis, on dit aussi « mulch » destiné à :

- limiter l'évaporation de l'eau et économiser les arrosages ;
- limiter la croissance des mauvaises herbes ;
- stimuler la vie du sol.

Quelques précautions à la mise en place

Il faut toujours appliquer le paillis sur un sol nivelé et exempt de mauvaises herbes. Surtout, ne paillez pas au pied des plantes : laissez un petit espace autour des tiges ou du tronc afin d'éviter leur pourriture. Pour les paillis végétaux, mieux vaut changer de type chaque année, pour ne pas déséquilibrer votre sol.

Avec quoi pailler ?

Type de paillis : végétal

Les paillages à base de bois, plus ou moins aérés, gratifient le jardin d'une note esthétique. Les copeaux ou les écorces sont même disponibles en plusieurs coloris dans les jardineries. Outre cet avantage, ils restent bien en place et cela durant plusieurs années.

Rien ne vous empêche de confectionner votre paillis. Pour cela, récupérez les déchets de taille, broyez-les et laissez-les se décomposer plusieurs mois. Le moment venu, vous les étalerez.

Ceux-ci conviennent aux sols riches en minéraux, car ils apportent peu de matières organiques. Ils favorisent ainsi le développement des micro-organismes souterrains, améliorent la vie du sol, pour une meilleure alimentation de la plante. Les copeaux de bois sont souvent sensiblement moins onéreux que l'écorce décomposée.

Écorces de fèves de cacao

Type de paillis : végétal

Les écorces de fèves de cacao s'achètent dans le commerce et s'épandent en couche de quatre à cinq centimètres d'épaisseur environ. Disposées sur le sol, elles vont servir de rempart aux intempéries comme la grêle, le vent ou même le gel. Les écorces de fèves de cacao conviennent tout particulièrement aux terrains pauvres en azote. À l'inverse, la forte richesse en minéraux des écorces de fèves est un handicap pour les sols déjà riches.

Vous pouvez les laisser en place pendant un an, ce qui est parfait pour les plantes annuelles. La couleur bois des écorces de fèves de cacao donne une note naturelle et esthétique au jardin. Elles sont constituées en réalité par les déchets de l'industrie du chocolat. Donc, en les utilisant, vous participez au recyclage des déchets.

Tontes de gazon, terreau de feuilles

Type de paillis : végétal

Voici des paillages qui, en plus d'être riches en azote, contribuent à maintenir l'humidité du sol. Si leur durée de vie est seulement de quelques mois, cela ne les empêche pas de convenir parfaitement aux plantes annuelles. N'omettez toutefois pas d'effectuer un geste utile pour éviter les moisissures : pensez à laisser sécher les tontes de gazon et le terreau de feuilles avant de les éparpiller dans votre jardin. En fournissant à la terre de la matière organique, mais aussi de l'eau, ces deux paillis végétaux redonneront à votre sol les ressources dont il a besoin pour que l'on puisse y implanter des cultures potagères. Ces méthodes constituent une bonne manière de recycler vos déchets après la tonte de votre pelouse et le ramassage des feuilles tombées à l'automne.

Paille, paillette et foin

Type de paillis : végétal

La paille comme le foin peuvent libérer des quantités considérables de potassium au cours de la saison. Ce qui constitue un sérieux atout pour les sols et pour les plantes qui en manquent ! Par ailleurs, leur aspect naturel offre au regard une jolie note esthétique. Attention, si des céréales ont subi des traitements, il arrive que la paille qui en est issue contienne des traces de pesticides. C'est pourquoi il faut veiller à utiliser uniquement des produits issus d'une agriculture biologique.

Afin que ces couvertures du sol soient efficaces, épandez au minimum une épaisseur de dix centimètres de paillis. Ces matières contribueront également à limiter les problèmes d'érosion. À noter : leur utilisation convient parfaitement aux sols sableux et aux terrains en pente.

Le paillis de lin est quant à lui très fin. Il est apprécié pour son côté très décoratif. Pensez à l'arroser après sa mise en place sous peine de le voir s'envoler très facilement. Il a l'avantage de nourrir et d'alléger les sols trop lourds.

Carton ou papier journal

L'utilisation de carton ou de papier journal constitue une solution économique pour préserver votre sol tout en limitant la pousse des mauvaises herbes. Si vous souhaitez vous servir de ce type de couverture, empilez une dizaine de feuilles de papier journal et évitez d'utiliser les pages comportant des encres de couleurs. Ces dernières contiennent la plupart du temps des métaux lourds. Concernant les cartons, veillez à les faire se chevaucher afin qu'aucune mauvaise herbe ne puisse pousser. Posez sur ces paillis de la paille, du terreau, ou toute autre couverture végétale. En plus d'ajouter une note esthétique au jardin, ils maintiendront les cartons ou le papier journal en place. Bien entendu, ces paillages doivent être changés chaque année.

Toile en fibre de coco ou en jute

Type de paillis : en couverture

Plus écologiques que le film plastique, les toiles en fibres de coco ou de jute sont totalement biodégradables, et ce en trois ou quatre ans. Les premières sont en effet confectionnées à partir de l'enveloppe qui entoure les noix de coco. Le jute est une plante herbacée de la famille des Malvacées, appelée aussi chanvre de Calcutta. Ces deux matières sont 100 % naturelles ! Ils existent en grand format, pour des surfaces importantes, ou en dalles, pour entourer de jeunes arbustes. Contrairement à ce que l'on pourrait croire, ils laissent pénétrer l'eau, ainsi que l'air. Par leur occupation du sol, les toiles en fibre de coco ou de jute contribuent à limiter la présence des mauvaises herbes : ces dernières ne peuvent pas pousser, faute de lumière.

Quelles cultures pailler ?

- Presque toutes les cultures de votre potager peuvent être recouvertes de paillis.

- Paillez de préférence les végétaux les plus exigeants en eau et surtout vos jolies tomates !

❽ Bichonnez vos plants

Si vous voulez les protéger contre le mildiou, la maladie la plus grave pour elles, évitez d'arroser les feuilles et construisez-leur un abri en verre ou en plastique transparent afin qu'elles ne soient pas mouillées par la pluie, tout en continuant à recevoir le soleil. Comme vous le savez, elles le réclament tout le temps !

Et puis, la tomate est une plante d'un naturel gourmand. Alors préférez les engrais naturels. Optez pour des fientes de volailles, du guano de poisson, du tourteau de ricin, qui sont riches en azote (symbole N sur l'emballage) et proposés en grand conditionnement, lorsque vous travaillerez votre terrain à la fin de l'hiver.

❽ Une date clé dans votre agenda

Respectez le calendrier de Madame la Nature, certes, mais si vous décidez de cultiver des tomates, vous devrez être encore plus vigilant. Comme toutes les plantes d'origine tropicale, la tomate est particulièrement sensible au froid : une petite gelée peut tout détruire. Ainsi, ne mettez jamais de plants en pleine terre sans abri avant une certaine date, celle au-delà de laquelle il n'y a statistiquement plus aucune chance pour que la température ne descende au-dessous de 0 °C. Dans le nord-est de la France et en altitude, cette date se situe autour de la mi-mai, vers le 11,12 ou 13 mai, les fameux Saints de Glace. Dans le Sud-Ouest, vous pourrez en revanche planter dès la mi-avril.

❾ Mariez-les

Les légumes « amis » se protègent entre eux naturellement contre les insectes et les parasites. Vos tomates se complaisent avec l'ail, l'asperge, la carotte, le céleri, le chou, la mâche, l'oignon, le persil, le radis, du basilic.

Dans le Sud-Est, vous pourrez planter des œillets d'Inde pour les protéger contre les acariens, les mouches blanches, les pucerons.

Pour une culture en belle harmonie et une jolie révolte, retenez que vos tomates détestent être près du concombre, du cornichon, du fenouil, du haricot, de la pomme de terre.

⑩ Comment les conserver ?

On cueille la tomate lorsqu'elle est passée du vert à la coloration propre de sa variété, souvent rouge, mais parfois blanche, jaune orange, noirâtre, rose, vert jaune. Si elle a commencé à se colorer, sa maturation peut se poursuivre après la cueillette. Les tomates mûres se conservent plusieurs jours à température ambiante dans une pièce pas trop sèche, afin qu'elles puissent conserver leur goût. Pour celles d'automne, effeuillez-les et suspendez-les, tête en bas, à l'ombre.

Rassurez-vous… Il vous suffit d'être paresseux !

Rien de compliqué pour cultiver vos tomates. Cultivez la paresse et tout ira bien ! Avant d'avoir la main verte, un bon jardinier doit en effet être paresseux… et oui ! Comment ? Il se dit que « le vent, les oiseaux, les insectes sèmeront à ma place ». Laissez faire vos alliés naturels, pour l'élimination des parasites (coccinelles contre les pucerons) et la fertilisation du sol (vers de terre).

3

Ses vertus remarquables

Cette « Pomme d'Amour » vous promet bien des vertus. Vous éviterez quelques petits soucis de santé si vous la savourez naturelle cuite ou crue… Aux beaux jours bien entendu… Et pas forcément tous les jours… Pendant les frimas de l'hiver vous goûterez ça et là vos conserves et concentrés en souvenir des rayons bienfaiteurs du soleil. Mincir… elle vous y aide. Beauté… Elle est à vos côtés pour vous rendre radieuse. Oh la la…N'oublions pas à la maison, elle n'a pas fini de vous surprendre… Plus facile la vie avec tous ses secrets pour celles et ceux qui ratent une cuisson, qui s'affolent devant le grand ménage, démissionnent face à ces indésirables petites bestioles, ou à ces odeurs désagréables qui s'incrustent. Bref, elle est magique en tout !

« Je croque dans la tomate mûre. J'avale le dernier été dans le jardin de l'Oncle Jo. »

Le cabanon de l'Oncle Jo, Brigitte Smadja

Des qualités nutritionnelles exceptionnelles

Grâce à toutes ses qualités bienfaisantes et multiples, la tomate est à consommer sans modération.

Apports en nutrition

La tomate est un aliment diététique, partie prenante dans l'art de bien manger. Très riche en eau (93 à 95 %), elle renferme aussi de nombreux éléments minéraux et en vitamines (A, C et B). Elle contient plusieurs vitamines hydrosolubles, dont la principale est la vitamine C. Sa teneur, de 20 à 40 mg/100 g dans la tomate crue, est cependant fortement réduite dans la tomate cuite (environ 16 mg). Les glucides, 3 à 4 %, sont constitués principalement de fructose et de glucose. Mûre, elle contient aussi plusieurs pigments de la famille des caroténoïdes, dont le B-carotène, qui possède une activité provitaminique A. Les teneurs exprimées en microgrammes pour 100 g de tomate crue sont indiquées dans le tableau suivant.

Valeurs nutritionnelles de la tomate crue

La tomate appartient à la catégorie « légumes ». Ce tableau présente l'apport énergétique (calories) de 100 g de tomate crue et les nutriments (protéines, glucides, sucres, matières grasses/lipides, acides gras saturés, fibres alimentaires, sodium, sels minéraux et vitamines) qui entrent dans sa composition. Les quantités de nutriments indiquées sont des valeurs moyennes, ces valeurs peuvent varier pour différents types de tomate crue. Les apports journaliers recommandés (AJR) et valeurs nutritives de référence (VNR) sont indiqués pour une portion de 100 g. La dernière colonne montre la différence avec la moyenne de tous les aliments de la catégorie « légumes ».

Composition	Quantité	% AJR	Différence moyenne cat.
Énergie			
Énergie - Calories	16.4 kcal	1 %	-53 %
Énergie - kilojoules	68.8 kJ		-53 %
Protéines	0,8 g	2 %	-54 %
Glucides	1,72 g	1 %	-61 %
dont Sucres	1,68 g	2 %	-28 %
dont Saccharose	non connu		
dont Glucose	non connu		
dont Fructose	non connu		
dont Lactose	non connu		
dont Maltose	non connu		
dont Maltodextrines	non connu		
dont Amidon	0 g		-100 %
dont Polyols	0 g		
Lipides	0,26 g	0 %	-59 %
dont Acide Gras saturés	0,048 g		-56 %
dont Acide butyrique	0 g		-100 %
dont Acide caproïque	0 g		-100 %
dont Acide caprylique	0 g		-100 %
dont Acide caprique	non connu		
dont Acide laurique	0 g		-100 %
dont Acide myristique	0 g		-100 %
dont Acide palmitique	0,0413 g		-51 %
dont Acide stéarique	0,00667 g		+19 %
dont Acide Gras mono-insaturés	0,0356 g		-82 %
dont Acide Gras polyinsaturés	0,13 g		-14 %
dont Acides Gras Oméga 3	0,012 g		
dont Acide alpha-linolénique / ALA	0,012 g		-70 %
dont Acide eicosapentaénoïque / EPA	0 g		
dont Acide docosahexaénoïque / DHA	0 g		-100 %
dont Acides Gras Oméga 6	0,118 g		

Composition	Quantité	% AJR	Différence moyenne cat.
dont Acide linoléique	0,118 g		+3 %
dont Acide arachidonique / AA ou ARA	0 g		-100 %
dont Acides Gras Oméga 9	0,0356 g		
dont Acide oléique	0,0356 g		-81 %
Sodium	3,29 mg	0 %	-97 %
soit équivalence en Sel	8,2908 mg		
Alcool	0 g		
Eau	94,5 g		+5 %
Fibres	1,41 g	6 %	-39 %
Minéraux			
Magnésium	10,1 mg	3 %	-46 %
Phosphore	19,3 mg	3 %	-52 %
Potassium	251 mg	13 %	-5 %
Calcium	8,24 mg	1 %	-78 %
Manganèse	0,0711 mg	4 %	-65 %
Fer	0,151 mg	1 %	-81 %
Cuivre	0,0326 mg	3 %	-68 %
Zinc	0,221 mg	2 %	-28 %
Sélénium	0,3 µg	1 %	-89 %
Iode	2 µg	1 %	-8 %
Vitamines			
Vitamine A - Beta-Carotène	840 µg	%105 %	-14 %
Vitamine A - Rétinol	0 µg	-100	
Vitamine D / cholécalciférol	0 µg	0 %	-100 %
Vitamine E / tocophérol	1,11 mg	9 %	+98 %
Vitamine K	non connu		
Vitamine K1	5 µg		-92 %
Vitamine K2	non connu		
Vitamine C / acide ascorbique	14,3 mg	18 %	-19 %
Vitamine B1 / thiamine	0,06 mg	5%	-5%
Vitamine B2 / riboflavine	0,04 mg	3 %	-48 %
Vitamine B3 / PP niacine	0,6 mg	4 %	-12 %

Composition	Quantité	% AJR	Différence moyenne cat.
Vitamine B5 / acide pantothénique	0,27 mg	4 %	-8 %
Vitamine B6 / pyridoxine	0,08 mg	6 %	-26 %
Vitamine B9 / acide folique	20,5 µg	10 %	-59 %
Vitamine B12 / cobalamine	0 µg	0 %	-100 %

Teneurs en caroténoïdes de la tomate crue (ug/100 g)

Vitamines et assimilés	
Caroténoïdes provitaminiques A	32 mg
Bêta-carotène	346 µg
Alpha-carotène	78
Thiamine (Vitamine B1)	0,06 mg
Riboflavine (Vitamine B2)	0,04 mg
Niacine (Vitamine B3 ou PP) en équivalent en niacine totale	0,65 NE
Niacine (acide nicotinique)	0,5 mg
Acide pantothénique (Vitamine B5)	0,5 mg
Vitamine B6	0,081 mg
Folates totaux	9 µg
Vitamine C	26 mg
Vitamine E (tocophérols)	0,38 mg
Vitamine K	10,1 µg
Caroténoïdes non provitaminiques A	
Lycopène	21 754 µg

Valeurs nutritionnelles du concentré de tomate

Énergie (en Kcal)	63.70
Protéines	4.32
Glucides	10.50
Dont sucres	10.40
Lipides	3.70

Un excellent remède naturel pour la forme, la minceur et la santé

Il est bien entendu que tous les usages proposés ne se substituent pas à la médecine traditionnelle. Ces usages simples permettent de vivre en pleine harmonie, avec une hygiène de vie saine.

Anti-fatigue fabuleux

Si vous la consommez en jus fraîchement extrait, elle accélère la formation de sucre dans le sang. Elle apporte donc un regain d'énergie extraordinaire et naturel.

Une note joyeuse et pétillante au petit-déjeuner

Le matin, la tomate a un effet boostant. Si vous voulez être bien réveillé, armé contre le stress, de bonne humeur, avec un punch et un moral d'acier, dégustez-la en rondelles sur une tartine !

Brûleur de gras

Elle est excellente pour contrecarrer les effets négatifs d'une alimentation trop grasse. Elle aide le foie à dissoudre les graisses et à les éliminer plus facilement.

Brûleur de calories et coupe-faim

Elle est peu calorique (20 kcal/100 g) et diurétique grâce à son potassium. En période de régime, vous pourrez la savourer à loisir crue, farcie, concassée en boîte déjà pelée et épépinée, en sauce ou en coulis, en salade, en légume d'accompagnement... Pas de privation, ni de frustration avec ce fruit plein de ressources !

Digestion

Elle active la digestion et nettoie admirablement l'intestin. Ces propriétés s'expliquent parce qu'elle est riche en magnésium, en calcium, en fer et en zinc.

Santé du foie

Elle travaille pour la santé du foie car elle contient des traces d'éléments antitoxiques appelés chlorine et sulfure. La chlorine permet de mieux filtrer les déchets de l'organisme. Le sulfure protège le foie contre certains engorgements.

Hypertension

Elle diminue considérablement l'hypertension car elle est très riche en potassium. Une tomate de 400 g contient environ 450 ml de potassium. Des études cliniques ont démontré qu'elle agit positivement sur les reins. Dans plusieurs cas, ces études ont observé qu'un bon fonctionnement rénal semble diminuer l'hypertension.

Antioxydant

Elle contient généralement un pigment qui lui confère une couleur rouge, le lycopène. Ce dernier est considéré par de nombreux scientifiques comme l'un des antioxydants les plus prometteurs dans la recherche contre les maladies du cancer, de la prostate, de l'estomac, des intestins et cardio-vasculaires, en particulier. Dans votre usage quotidien, sachez que ce lycopène est plus facilement assimilé si vous consommez votre tomate cuite. En effet, la cuisson libère les nutriments en faisant éclater les cellules végétales.

Remède contre la « gueule de bois »

Elle est infaillible contre la « gueule de bois », mais n'en profitez pas pour autant ! Voilà comment. À en lire certains spécialistes, elle soulage grâce à ses extraordinaires vertus les états de lendemain de fête trop arrosée, en partant à l'attaque des vaisseaux sanguins afin de les dilater.

Sa feuille peut soigner une plaie

Les tribus de Papua, Nouvelle Guinée, se servent de feuilles de tomate comme d'un antibiotique. Ils appliquent une feuille fraîche d'un plant de tomate, avec un peu d'eau, sur une partie infectée du corps, qu'ils enrobent avec un tissu. Au bout de 4 à 5 applications, une petite plaie infectée semble se guérir dans les 24 à 48 heures.

Magnifique en beauté

La tomate est une de vos meilleures alliées pour votre beauté : un teint de rêve, une chevelure époustouflante, un corps de liane… Usez et abusez de ses vertus beauté.

Elle est reconnue depuis des millénaires

Les recettes beauté à la tomate existent depuis des siècles. Déjà au XVIIIe siècle, on soignait les boutons d'acné avec une lotion à base de tomate, parce que l'on avait découvert que son acidité pouvait être bénéfique contre les problèmes de peau.

En 1936, Madame Ella Baché révolutionne le monde de la cosmétique en créant sa recette éclat à base de tomate. Elle s'explique ainsi sur ses recherches : « Dans mon pays, en Hongrie, les paysannes avaient un teint merveilleux. J'en voyais souvent qui coupaient une tomate et l'utilisaient pour nettoyer leurs joues et leur front. Cette vieille recette de beauté peut maintenant s'expliquer scientifiquement et j'en ai découvert la raison : les tomates éclaircissent le teint et affinent la texture de la peau, parce qu'elles contiennent des acides aminés et de la vitamine C. »

Elle regorge d'actifs

Ferme, pulpeuse et légèrement colorée, elle concentre des qualités précieuses. Voici comment et pourquoi elle vous assure une beauté fatale et sublime, et une mine éclatante 365 jours par an. Vous le savez, à tout âge, il est plus que difficile d'avoir une bonne mine toujours et tout le temps. Cette petite merveille va piéger tout ce qui contrarie la beauté de la peau, du visage et du corps.

Elle possède tout ce qu'il vous faut pour votre beauté totale

Quelle veinarde, elle est comblée en vitamines C, A, E, B1, B2, B3, B6, K, en caroténoïdes (lycopène, carotène, lutéine), en polyphénols, en AHA et en minéraux. Toute cette richesse en nutriments actifs antioxydants, anti-radicalaires (caroténoïdes, polyphénols, vitamines C et E), confère à la peau un bouclier de protection contre les agressions quotidiennes des cellules et des fibres.

- La vitamine C, la provitamine A et les AHA sont des nutriments jeunesses qui corrigent les défauts tissulaires en stimulant la microcirculation. Résultat : une action revitalisante pour votre grain de peau en profondeur !

- Ses minéraux sont des catalyseurs indispensables au bon fonctionnement du métabolisme. Le potassium, le cuivre et le manganèse sont des micronutriments qui permettent une meilleure synthèse des fibres de collagène et d'élastine, et qui interviennent également dans les mécanismes anti-radicalaires. Le calcium, le chlore, le fer, le magnésium, le sodium, le phosphore et le zinc, vont maintenir l'équilibre physiologique. La peau préserve alors toutes ses qualités.

Ainsi, même quand vous êtes un tantinet fatigué, vous arborez une mine enchantée, des traits reposés, un teint frais et lumineux. En gommage et en crème, elle agit également sur le grain de la peau, tel un soin anti-âge du corps.

L'Acérola, ultra-performante

Cette petite cerise d'Amazonie, piège les radicaux libres et clarifie le teint, certes, mais elle contient davantage de vitamine C. Elle contribue donc plus que toute autre à la synthèse du collagène, essentiel à l'élasticité de la peau. C'est une vitamine sensible à la chaleur. Aussi efforcez-vous à la manger crue, ou de la cuire juste 2 ou 3 minutes.

Son concentré… Une arme anti-vieillissement

Une recherche conduite récemment par le Professeur italien Fiorenzo Pastoni, spécialiste de l'alimentation et Vice-président de l'Ordre national de biologie italien, sur un concentré de tomate, met en avant tous ses bienfaits.

L'étude a été portée sur des échantillons de concentré double, triple et de verdarine, la verdarine étant un double concentré de tomate agrémenté de légumes. Tous ces produits ont été fabriqués avec différents lots de tomates. Les analyses ont surtout mis en évidence l'importante quantité de lycopène contenue dans ce fameux concentré et un grand nombre de vitamines et de minéraux.

Ainsi, dans 100 g de concentré double, on retrouverait 29,54 mg de lycopène. Ce pourcentage augmenterait dans un triple, pour lequel on arriverait à 42,43 mg de lycopène en moyenne avec un pic de valeurs pouvant même atteindre les 60 mg pour 100 g. Ces données prennent tout leur sens, quand on sait que la quantité de lycopène contenue dans une tomate fraîche est inférieure à 5 mg pour 100 g !

Et ce professeur de déclarer : « La dernière tendance en matière de soins de la peau ne se trouve pas dans une crème ou une lotion de luxe, mais plutôt dans un tube de concentré de tomate. Anti-vieillissement, diurétique, facile d'emploi, savoureux, polyvalent, etc. Intégrer le concentré de tomate dans son alimentation journalière est donc le bon réflexe pour mener une vie saine, équilibrée et ralentir activement l'épreuve du temps. C'est la conclusion surprenante qui ressort de notre étude nutritionnelle de ce produit. »

Le lyvopène se comporterait de la manière suivante : une fois ingurgité, il aurait en effet tendance à se loger du côté des couches supérieures de l'épiderme, offre ainsi une protection contre les signes du temps qui passe.

Deux cocktails bonne mine et anti-vieillissement

Cocktail du matin
Passez 3 tomates et 1 poire de préférence bio à la centrifugeuse et ajoutez quelques gouttes de citron. Buvez ce petit panaché de tomates à jeun, c'est mieux.

Cocktail apéritif
Passez à la centrifugeuse 10 cl d'eau minérale, 3 tomates, 2 feuilles de basilic et 2 pincées de céleri râpé.

Soins du visage

Transformez-vous en petite laborantine dans votre salle de bain. Soyez précautionneuse, et élaborez ces concoctions juste pour une seule application. Entièrement naturelles, elles se conservent mal d'un jour à l'autre. Lavez et rincez parfaitement vos petits ustensiles et petits bols avant et après votre préparation.

Le bio, c'est tellement mieux !

Pascal Poot, propriétaire de Semences bio dans le Languedoc, expérimente et analyse depuis plus de vingt ans des recherches sur les qualités nutritionnelles de la tomate exclusivement traitée de façon naturelle, sans aucun produit ou pesticide toléré par Ecocert, l'organisme qui vérifie les normes bio. Bref, ses tomates sont plus que bio puisqu'elles apprennent à se défendre toutes seules.

Ses conclusions : la teneur en vitamine C et en antioxydants se voit tripler, même quadrupler pour ses plants. Ses analyses avec d'autres laboratoires sur des tomates cultivées selon les normes classiques bio, montrent que la teneur en vitamine C, en antioxydants, est de toute façon au moins 10 fois plus importante.

Crème coup d'éclat

Mixez parfaitement le tout afin d'obtenir une texture fine et légère. Cette crème 100 % naturelle régénère, oxygène et lisse les traits. Son parfum subtil autour de la feuille de tomate et sa texture légère vous enchanteront. Vous apprécierez tellement sa fraîcheur.

Masque révélateur d'éclat

Il est parfait si votre épiderme est surmené, fatigué et votre teint terne. Infusez une tomate dans de l'eau bouillante. Récupérez l'infusion et mélangez-la à la pulpe d'une tomate crue avec une feuille. Ajoutez une petite tomate d'Amazonie (Acérola), un petit kiwi et la moitié d'une orange. Mixez le tout pendant une minute jusqu'à obtenir une pâte. Dans cette préparation, la tomate est déclinée sous toutes ses formes (pulpe, infusion, feuilles) et associée à un cocktail revigorant de fruits.

Attention, avant d'appliquer ce masque, il est impératif de faire un gommage sur tout le visage, le cou et le décolleté, par exemple avec de la pulpe. Ensuite, posez le masque sur votre visage, votre cou et votre décolleté. Fermez les yeux, reposez-vous et restez ainsi pendant au moins 20 minutes. Rincez ensuite à l'eau minérale. Vous éviterez ainsi le calcaire de l'eau du robinet qui a tendance à dessécher et à tirer la peau.

Champions pour leur teneur en vitamine C, ces fruits combinés à la tomate captent les radicaux libres et clarifient le teint.

Ce masque donne un effet belle mine, efface les tensions, regonfle le visage, resserre les pores dilatés et fixe le maquillage. Le teint est frais, revigoré, oxygéné, comme si vous aviez passé une journée à la campagne.

Masque bonne mine et hydratant

Prenez deux tomates et deux abricots, et ajoutez une cuillère à soupe de kaolin. Mixez le tout afin d'obtenir une texture onctueuse. L'abricot et le kaolin renferment des propriétés hydratantes, nourrissantes, unifiantes. Madame Tomate donnera son coup d'éclat inégalable à votre visage. Bien sûr, avant d'appliquer ce masque, pensez à effectuer un gommage doux avec de la pulpe. Laissez poser 20 minutes et profitez de ce moment pour vous reposer.

Faites une cure de compléments alimentaires, activateurs de belle mine durable

Véritables concentrés nutritionnels de beauté, les compléments alimentaires comblent la peau d'extraits naturels de plantes et de fruits (tomate, vigne rouge, acérola, marc de raisin). Suivez votre cure pendant trois mois. Vous pouvez la renouveler deux fois dans l'année, au printemps et à l'automne. Faites attention toutefois à ne pas cumuler plusieurs cures en même temps. Cela peut est même dangereux, en tous les cas, inefficace.

Soins du corps

Peeling pour réactiver la beauté de la peau

Vous pouvez aussi pratiquer ce peeling pour accélérer le bronzage. La tomate entre directement dans la composition de ce peeling fait maison, que vous pouvez également pratiquer pour accélérer le bronzage. Pour cela, mélangez du concentré de tomate à du sucre de canne et à de la poudre de riz. Votre peeling ne sera absolument pas agressif. De plus, souvenez-vous que le lycopène de la tomate est un très bon accélérateur de bronzage permettant de préparer de façon naturelle la peau à l'exposition au soleil. Pratiquez ce peeling deux à trois fois pendant le mois qui précède votre départ en vacances.

Lait nourrissant

Pour nourrir la peau, massez-vous avec un lait doux satinant à la tomate. À la tomate, ajoutez une figue de Barbarie et quelques gouttes d'huiles essentielles de Jojoba. Mixez le tout pour obtenir un lait onctueux. Ce lait affine le grain de peau, a une action anti-âge et un pouvoir anti déshydratant, avec en plus un effet sublimateur puissant.

Automassage revitalisant

Massez-vous avec des manœuvres à la fois toniques et enveloppantes, en remontant toujours des chevilles vers le haut du corps, avec une somptueuse huile à base de tomate. Infusez une tomate bio dans de l'huile de sésame et d'amande et obtenez une onction douce, nourrissante et équilibrante, qui regénère le tonus et la souplesse de la peau.

Soins spécifiques

Gommage peau grasse et points noirs

Appliquée en masque, la pulpe de la tomate aide à réguler les peaux grasses en purifiant naturellement l'épiderme et en luttant contre les pores dilatés, les boutons et points noirs. Pour préparer ce masque, mélangez la tomate à un peu de farine pour obtenir une pâte onctueuse qui tiendra mieux sur la peau. Laissez poser 20 minutes avant de parfaitement rincer.

Le bon tempo : gommage à la pulpe de tomate mélangé à du sucre roux, masque à la pulpe de tomate, application de base de teint à la tomate éclat minute (à acheter en institut).

Compresses peau grasse et points noirs

Vous pouvez appliquer le jus de tomate associé à de l'eau, en compresses (c'est encore mieux si elles sont tièdes) sur les zones de votre visage que vous considérez particulièrement à problèmes (boutons noirs, brillance et maquillage qui vire). La plupart du temps, ces disgrâces se trouvent sur le nez, le front, le menton. Dans l'idéal, utilisez de l'eau minérale ou florale pour la préparer.

Laissez poser ces compresses une bonne vingtaine de minutes, puis rincez à l'eau minérale. Évitez de vous maquiller tout de suite après. Votre peau doit respirer. Restez tranquillement à la maison, et éloignez-la pendant deux heures au moins de la vie trépidante et de la pollution citadine. À renouveler deux à trois fois par semaine.

Crème hydratante pour peau grasse

Confectionnez votre crème hydratante en additionnant 2 cuillères à café de poudre de tomate déshydratée (à acheter en boutiques spécialisées diététiques et bios) à de l'huile d'argan et de l'huile de noisette. 2 cuillères à café de chacun de ces ingrédients suffiront. Appliquez délicatement lorsque votre mixture devient très fluide et légère.

Acné

Si vous avez de l'acné, veillez à vous démaquiller parfaitement avec des produits qui ne sont pas agressifs. Le must : du lait démaquillant et de la lotion à base de tomate achetés en institut.

Ensuite, appliquez des compresses de purée de tomates bio sur les zones concernées. Pour les préparer, écrasez simplement vos tomates, sans y ajouter aucun autre ingrédient. Laissez agir tous ses composants et surtout le lycopène pur. Laissez poser 20 minutes, puis rincez à l'eau minérale. Et pas de maquillage après ! À renouveler deux à trois fois par semaine.

Un divin après-soleil

Mixez deux tomates et recueillez-en le jus. Ajoutez 2 cuillères à soupe d'huile d'amande douce. Secouez, puis enduisez-vous de ce baume divin le soir après votre toilette.

Pour prolonger son bronzage

Faites infuser 3 à 4 sachets de thé dans ½ l d'eau chaude pendant 20 minutes. Laissez refroidir, puis ajoutez le jus d'une tomate entière. Utilisez cette lotion comme un tonique pour le corps, en pensant bien à la secouer avant de l'utiliser. Vous pouvez la conserver quelques jours.

Pour soulager un coup de soleil

Posez une tranche de tomate sur votre coup de soleil pendant une bonne vingtaine de minutes. Non seulement vous sentirez moins l'effet de la brûlure, mais surtout vous éviterez que votre peau cloque.

Pour prévenir et évincer les taches disgracieuses

Vous redoutez ces vilaines taches qui sont les premières marques de la jeunesse qui s'en va... Appliquez des compresses de tomate pure bio sur vos mains. Posez ce masque régulièrement, au moins une fois par semaine dans l'année, et deux à trois fois en été. Laissez agir 20 minutes.

Sur vos mains, appliquez tous les jours une crème antitache à base de tomate. Lorsque vous réalisez un masque, n'oubliez pas d'appliquer l'excédent de vos préparations sur vos mains.

Une vitalité pour vos cheveux

Pour donner du volume

Vos cheveux sont plats et même raplapla. Commencez par épointer vos longueurs de manière à supprimer les fourches et préparez cet onguent ultra-tonifiant. Diluez 5 cuillères à soupe d'argile verte dans une infusion de lavande, environ 20 g pour ½ l d'eau. Ajoutez le jus d'une tomate entière, celle-ci étant moyennement grosse, et 5 g de chlorure de magnésium, vendue en sachets en pharmacie. Versez le tout dans une bouteille et secouez. Utilisez cet onguent comme un shampooing en massant longuement votre cuir chevelu. Rincez, laissez vos cheveux sécher à l'air libre... et admirez votre crinière !

Pour des cheveux soyeux

Vos cheveux sont secs et cassants, surtout si vous faites régulièrement des colorations ou que vous revenez d'un petit séjour au soleil et à la mer. Les cheveux, le soleil et la mer ne font pas toujours bon ménage malheureusement. Ce soin est excellent pour les hydrater et leur redonner du punch. En cure d'attaque, appliquez-le une fois par semaine pendant un mois.

Prenez une plaquette de beurre doux, laissez-le se ramollir à température ambiante. Dans un petit saladier, travaillez ce beurre avec le jus d'une petite tomate, ou la moitié d'une moyenne. Si vous avez du concentré, c'est encore mieux. Dans ce cas, versez-en 1 cuillère à café dans le beurre. Remuez, travaillez jusqu'à ce que vous obteniez comme une pâte à modeler. Passez de l'eau claire tiède sur vos cheveux, puis appliquez directement en masque cette pâte sur votre chevelure encore humide. Recouvrez votre tête d'une charlotte en papier et laissez reposer 15 à 20 minutes. Enlevez l'excès avec un papier absorbant, puis lavez vos cheveux avec un shampooing doux.

Laissez sécher vos cheveux à l'air libre, et évitez d'utiliser de la laque, du gel, ou même un spray de brillance. Gardez indemne les bienfaits de cette mixture à la tomate le plus longtemps possible.

Magique à la maison

Voilà quelques astuces pour résoudre les menus tracas de la vie quotidienne. Et oui, simplement, grâce à Madame Tomate ! Sans entailler votre budget, sans souiller sa nature, parce que maintenant vous connaissez tous ses bienfaits.

Votre cuisine et votre grand ménage… une brochette d'idées

Un four nickel

Autonettoyant ? Certes, mais c'est une grande consommation d'énergie et une facture d'électricité élevée ! Occasionnellement, un nettoyage manuel n'est pas sans intérêt, surtout si vos plaques sont particulièrement encrassées.

Ôtez le surplus de graisse et de saleté à l'aide d'un rouleau de Sopalin. Puis frottez avec la moitié d'une tomate dans laquelle vous aurez ajouté du gros sel. Laissez reposer les dépôts une petite heure. Rincez correctement à l'eau tiède. Votre four n'aura jamais été aussi impeccable !

Réfrigérateur

Si le moule à glaçons reste tout le temps collé pensez avant de l'y déposer à en frotter le dessous et les côtés avec une bougie à la tomate.

Adieu les mauvaises odeurs

Votre cuisine dégage des odeurs de cuisson. Pour chasser les relents de poireaux, de choux ou de poissons, sortez votre Cocotte-minute.

Versez trois verres d'eau, ajoutez un bâton de vanille fendu dans le sens de la longueur, deux cuillerées de cannelle et une tomate moyenne. Faites chauffer votre cocotte. Lorsque la vapeur s'échappera, elle parfumera agréablement la pièce. Votre maisonnée se demandera bien ce que vous lui mijotez !

Plats et casseroles

S'ils sont imprégnés d'une fâcheuse odeur, un bon récurage à la tomate est ultra-efficace.

Récipients en aluminium

Pour les nettoyer, il suffit de faire cuire de la tomate et d'appliquer quelques gouttes d'huile mélangées à un soupçon d'alcool à brûler. Ils retrouveront tout leur éclat.

Tommettes

Le charme de vos tomettes est rompu par une tache de jus de fruits. Pas de souci, deux cuillerées à soupe de jus de tomate par litre d'eau suffisent à chasser la plupart des taches. Rincez parfaitement.

Toile cirée

Votre toile cirée porte les stigmates d'un plat brûlant ? Passez dessus un peu d'huile de camphre additionnée de jus de tomate. Tout disparaîtra.

Argenterie, cuivre, étain et vaisselle... une goutte de délicatesse

Couverts en argent

Mieux vaut éviter une tache d'œuf entre votre fourchette en argent... La vilaine odeur se dissipe facilement avec un peu d'ammoniaque dans de l'eau de rinçage. Pour éliminer la tache, il suffit de frotter le couvert avec de la pulpe de tomate. Rincez à l'eau savonneuse et essuyez avec une peau de chamois.

Objets en cuivre

Frottez doucement vos objets avec un chiffon enduit de jus de tomate. Rincez, puis lustrez toujours délicatement avec une peau de chamois. S'ils sont vraiment très encrassés, offrez leur un bain d'environ 30 minutes à peu près, d'eau tiède savonneuse, à laquelle vous ajoutez du jus de tomate. Rincez, lustrez (toujours avec une peau de chamois et autant de douceur) : vos cuivres n'auront jamais été aussi resplendissants !

Étain

Pour faire briller vos pots en étain, frottez un peu d'huile de coude avec du papier journal imbibé de jus de tomate.

Jolie carafe

Quelle crampe pour nettoyer votre carafe à vin ! Pour éliminer le dépôt de tanin au fond de la carafe, versez de l'eau chaude puis du jus de tomate. À vous de jouer ensuite du goupillon. Moins de risque avec la tomate, que vous rincerez beaucoup mieux que le vinaigre, qui lui aussi fait son effet. Mais s'il en reste la moindre trace, votre prochain vin sera fichu !

Ces indésirables petites bestioles… une vraie chasse gardée

Araignée du soir, espoir

Si vous préférez les tenir à l'écart, sachez qu'elles fuient l'odeur de feuilles fraîches de tomate. Parsemez-en votre maison pour les faire disparaître vite fait bien fait.

Les mouches

Chaque été, on leur déclare la guerre. Sachez qu'elles aussi détestent l'odeur des feuilles de tomate. Placez-en dans tous les recoins de votre appartement ou de votre maison.

Les mites

Quoi de plus désagréable que de retrouver ses vêtements perforés par ces importunes. Pas de naphtaline ! Les feuilles fraîches de tomate ont l'élégance de les éloigner. Enrobez-les dans un sachet de mousseline que vous suspendrez dans votre armoire en guise de « défense d'entrer ». Message reçu assuré !

Les puces et les moustiques

Ils s'enfuient très vite devant l'odeur du purin de tomates, que vous pouvez obtenir en faisant macérer des feuilles et des tiges dans de l'eau.

L'odeur du putois

L'odeur pestilentielle du putois, ou mouffette, disparaît totalement avec le jus de tomate. Si d'aventure votre animal de compagnie en a été victime, faites sécher le jus sur le poil de votre animal, puis rincez-le abondamment.

Meubles, literie et autres bibelots d'intérieur... une vraie boîte à malice

Bibliothèque

Ce sont les mouches qui ont dévoré vos livres avant vous. Pour stopper l'envahissement, tamponnez leur souillure avec des cotons-tiges légèrement imbibés de jus de tomate avec de l'alcool à 90°.

Cheminée

Si elle est en carrelage, lavez-la avec ½ tomate saupoudrée de sel fin.

Les couleurs de votre tapis

Modeste carpette ou superbe Persan, il faudra d'abord le rosser à coups de tapette pour chasser toute la poussière. Si sa couleur vous inquiète, répandez du marc de tomate humide. Terminez l'opération en passant un balai de paille de riz. Le marc de tomate est un sous-produit de la transformation industrielle des tomates que l'on trouve en magasins spécialisés.

Tiroir récalcitrant

Il sera nettement plus docile si, au lieu de tirer dessus comme un forcené, vous enduisez ses côtés et ses arêtes de bougie de tomate.

Piano

C'est une pièce très délicate. Vous êtes complètement désespéré parce que ses touches en ivoire ont jauni. Elles retrouveront leur couleur d'origine si vous les toilettez-les avec un jus de tomate mélangé à de la sciure de bois. Enlevez délicatement le surplus, puis astiquez, mais toujours en douceur !

Marbre

Pour que votre échiquier en marbre ne jaunisse pas, frottez-le avec un jus de tomate mélangé à du sel fin. Ensuite, rincez et séchez, si possible avec une peau de chamois, et très soigneusement.

Porcelaine et faïence

Tout ce joli petit monde arrive au hit-parade des objets de décoration. Eux aussi ont besoin de grands soins. Ils se lavent à l'eau tiède, jamais chaude, additionnée d'un liquide vaisselle très doux. Si par malheur ils se trouvaient tachés, utilisez du sel fin mélangé à du marc de tomate légèrement humidifié.

Literie

Une mite aurait l'outrecuidance de s'installer dans votre matelas, votre édredon ou votre couette ? Une feuille de tomate glissée dans la housse de votre édredon ou de votre couette ou dans le protège-matelas l'en dissuaderait radicalement.

Plantes d'intérieur

Brillance et oxygénation

Leurs feuilles sont en quelque sorte leurs poumons. C'est par elles que passent les échanges gazeux avec l'air. D'où l'importance, vous l'avez compris, et pas seulement esthétique, que ces feuilles respirent. Vous devez donc les dépoussiérer régulièrement, en passant une éponge douce et humide, ou un chiffon, lui aussi tout doux, imprégné de jus de tomate, pour les faire briller.

Parasites perturbateurs

Souvenez-vous, les pucerons et les araignées détestent l'odeur des feuilles et des tiges de tomates. Disposez-en quelques-unes sur la terre de votre pot ou jardinière.

Parfum d'intérieur

Cheminée

L'hiver devant un bon feu crépitant, pensez à jeter des feuilles et des tiges de tomate dans les flammes. À défaut de les savourer en cette période de l'année, vous et votre salon respirerez ce merveilleux parfum épicé, aussi discret que naturel.

Un parfum d'ambiance rien que pour vous...

Créez vos pots-pourris

Le must est de froisser les fleurs et les feuilles de vos tomates afin d'obtenir le meilleur de leur fragrance.

Pour un effluve amer et enivrant

Froissez fleurs et feuilles de tomate en les mariant avec les feuilles de figuier. Ajoutez deux gouttes d'encens.

Sillage doux et sucré

Toujours avec vos fleurs et vos feuilles de tomates froissées, déposez 5 gouttes d'huiles essentielles de vanille et de lavande. Ajoutez des fruits secs, des raisins et des abricots.

Un fond méditerranéen

Feuilles froissées de tomates qui vont flirter avec des feuilles et des fleurs chiffonnées de figuier, de violette et de jasmin. Saupoudrez trois gouttes d'huiles essentielles de patchouli. Un fond qui s'imprègne tendrement dans ses accords inédits de chaleur.

Plantes d'intérieur

Brillance et oxygénation

Leurs feuilles sont en quelque sorte leurs poumons. C'est par elles que passent les échanges gazeux avec l'air. D'où l'importance, vous l'avez compris, et pas seulement esthétique, que ces feuilles respirent. Vous devez donc les dépoussiérer régulièrement, en passant une éponge douce et humide, ou un chiffon, lui aussi tout doux, imprégné de jus de tomate, pour les faire briller.

Parasites perturbateurs

Souvenez-vous, les pucerons et les araignées détestent l'odeur des feuilles et des tiges de tomates. Disposez-en quelques-unes sur la terre de votre pot ou jardinière.

Parfum d'intérieur

Cheminée

L'hiver devant un bon feu crépitant, pensez à jeter des feuilles et des tiges de tomate dans les flammes. À défaut de les savourer en cette période de l'année, vous et votre salon respirerez ce merveilleux parfum épicé, aussi discret que naturel.

Un parfum d'ambiance rien que pour vous...

Créez vos pots-pourris

Le must est de froisser les fleurs et les feuilles de vos tomates afin d'obtenir le meilleur de leur fragrance.

Pour un effluve amer et enivrant

Froissez fleurs et feuilles de tomate en les mariant avec les feuilles de figuier. Ajoutez deux gouttes d'encens.

Sillage doux et sucré

Toujours avec vos fleurs et vos feuilles de tomates froissées, déposez 5 gouttes d'huiles essentielles de vanille et de lavande. Ajoutez des fruits secs, des raisins et des abricots.

Un fond méditerranéen

Feuilles froissées de tomates qui vont flirter avec des feuilles et des fleurs chiffonnées de figuier, de violette et de jasmin. Saupoudrez trois gouttes d'huiles essentielles de patchouli. Un fond qui s'imprègne tendrement dans ses accords inédits de chaleur.

Vos bijoux tant aimés… une perle

L'Or

Vos chaînes, bracelets et bagues ont besoin d'un sérieux nettoyage. Vous pouvez toujours les plonger dans de froide savonneuse et les frotter. Mais le plus spectaculaire pour raviver leur éclat, c'est une bonne friction avec de la pulpe de tomate.

L'ivoire

Vos bijoux en ivoire ont un aspect quelque peu jauni et vous n'aimez pas ça du tout. Cette vilaine couleur va s'estomper si vous passez une demi-tomate saupoudrée de sel fin. Trois recommandations importantes à respecter absolument : ne frottez pas, mais passez délicatement la tomate sur votre bijou ; rincez sous un filet d'eau douce ; séchez bien soigneusement.

Bijoux fantaisie

Vos fanfreluches et vos ravissantes bagues fantaisie commencent à déteindre sur votre peau ou à vous noircir les doigts. Pour remédier à ces petits désagréments, nettoyez-les avec du jus de tomate. Pour votre bague, badigeonnez ensuite l'intérieur de l'anneau avec du vernis incolore.

Vos chaussures vernies… une belle allure

Astiquez vos chaussures vernies avec du jus de tomate. Quant à votre cirage desséché, il vous suffira de le malaxer avec quelques gouttes, toujours de ce jus bienfaiteur !

4

Côté recettes et cocktails

Par petites touches, en tranches, en jus, en cocktail, en légume, en sauvageonne croquée à pleines dents, elle tient toujours son rang à table. Splendide, attirante, sensuelle parfois, la voici sous toutes ses recettes : version diète, version quotidienne, version moins sage, version classique et institution, version raffinée et grands chefs, version grand large avec ses modes culinaires autour de notre continent…

« Fais du bien à ton corps pour que ton âme ait envie d'y rester. »

Proverbe indien

❶ Bien choisir vos « belles Pommes d'Or »

Au marché, chez votre marchand de légumes, vous hésitez longuement, vous regardez avec amour ces belles tomates rondes, ovales, ou un peu biscornues... Comment savoir si elles sont bonnes à croquer ou à cuire ? Ce n'est pas évident et il n'y a pas de « recette miracle ».

Le mieux est d'avoir l'œil et de faire confiance à son intuition. Est-ce qu'elle vous attire ? Vous la palpez, elle doit être ferme. Une peau bien lisse ? Pas obligatoirement. Ne vous y trompez pas, une belle et parfaite apparence ne signifie pas forcément un goût extraordinaire.

Selon Bruno Oberti, agriculteur producteur et Christian Étienne, restaurateur, vous devrez faire confiance à votre commerçant, en connaissant exactement son circuit de distribution. Cela veut dire que plus la filière est longue, plus les intervenants sont nombreux, et moins votre tomate a de chance d'être succulente. Tout simplement parce qu'elle n'aura pas mûri sur son plant, mais enfermée dans un bateau, ou en cageots...

Alors, dégotez un petit producteur, ou le meilleur des marchés. Et rassurez-vous, vous deviendrez rapidement expert. Parce que pour les initiés du bon goût, le savoir choisir s'apprend vite.

❷ Bien les conserver

Disposez-les dans une cagette, en évitant de les empiler les unes sur les autres pour qu'elles s'abîment moins vite, ou dans une corbeille à fruits décorative. Surtout, ne les mettez jamais au réfrigérateur. Elles perdraient beaucoup de leur saveur. Si vous en avez énormément, optez pour une pièce tempérée, au cellier, par exemple.

❸ Avec quoi les marier en cuisine

- Les piments, qui sont d'ailleurs de la même famille que les tomates.
- Les pommes de terre, également de la même famille.
- L'Origan, au parfum et au goût unique, surtout s'il vient de Calabre en Italie.
- L'huile d'olive est le compagnon indispensable, qu'elle soit fraîche, cuite, en sauce…
- Le basilic, aux très nombreuses variétés, fait s'épanouir son parfum.
- Mais aussi le céleri, le thym, le poivre (uniquement de moulin), la Zucca Serpente (courge originaire de Sicile), les haricots blancs, la plupart des légumes verts, toutes les variétés de salades vertes, la mozzarella, le fromage de chèvre, la plupart des poissons, des viandes et des volailles, excepté le gibier.

❹ Comment faire si vous êtes allergique ?

Il est conseillé de ne pas en manger tous les jours de toute façon. Si vous êtes fragile des intestins, pelez-les et épépinez-les. Afin de les peler facilement, plongez-les dans de l'eau bouillonnante une minute à peine. Pendant leur cuisson, vous pouvez ajouter dans l'eau un peu de sucre afin d'enlever de leur acidité.

Consommées crues, elles peuvent provoquer chez certaines personnes des réactions allergiques. Ce phénomène relativement rare est dû à la présence dans les tomates mûres de protéines de liaison avec les immunoglobulines E, dont le taux tend à augmenter avec le mûrissement du fruit. Choisissez alors des tomates à peine mûres, mais surtout variez les plaisirs en les consommant séchées, confites, en confiture, en légume…

❺ Que faire des tomates qui n'ont pas fini de mûrir ?

Vertes ou incomplètement mûres, elles peuvent servir à la confection de confitures. Voilà une bonne manière d'utiliser celles que vous avez cueillies en fin de saison, puisqu'elles n'atteindront pas une belle maturité sur leur plant.

Confiture de tomate

Pour cette préparation de Guilhem Sevin, préférez la « Green Zebra », la « Cœur de Bœuf » ou la « Marmande ». Les tomates doivent être quelque peu mûres mais attention surtout bien fermes.

• Mondez les tomates, les couper en deux, puis les épépiner.

• Pesez la masse de pulpe et ajoutez 80 % de sucre, ajouter le jus de 2 citrons jaunes pour 1 kg de pulpe.

• Réservez au réfrigérateur une nuit.

• Le lendemain, mettez à cuire à feu modéré pendant 30 à 40 minutes.

• Égouttez et faites réduire le jus de moitié. Hachez la pulpe égouttée puis réincorporer le sirop réduit.

• Selon votre goût, ajoutez du basilic frais ciselé ou bien des zestes de combawa.

• Mettez dans les bocaux.

Salades méditerranéennes

Salade espagnole, façon gaspacho
Faites mariner vos tomates pendant 10 minutes avec de la fleur de sel, de l'huile d'olive et du vinaigre balsamique. Recueillez le jus et émulsionnez avec une purée de cœur de bœuf, du vinaigre de Xérès et de l'huile d'olive.

Salade italienne, façon panzanella florentine
Ajoutez à vos tomates des câpres, des olives noires, de l'origan, de l'oignon rouge, des dés de pain rassis et laissez mariner 24 heures.

Salade libanaise, façon fattouche
Ajoutez à vos tomates du concombre, des oignons nouveaux, de l'ail, de la menthe, du sumac et des morceaux de pita.

7 Bien préparer ses « rondelettes farcies »

Quand vous faites des tomates farcies, pensez à les faire dégorger une fois vidées en assaisonnant l'intérieur de gros sel et en les plaçant un instant « tête en bas ». Avant de les farcir, déposez au fond quelques grains de riz cuits. Ces derniers vont absorber l'eau, et vos tomates resteront ainsi droites et fermes.

8 Confectionner une rose avec sa peau de velours

Décorez joliment vos plats ou vos assiettes avec des roses en peau de tomate. Pelez tout simplement une tomate bien ferme avec un couteau d'office en inox, en formant un ruban régulier qui, enroulé sur lui-même et posé sur sa base préalablement coupée, formera une rose.

Recettes minute

Chips de tomates

Gardez avec amour ses épluchures. Grillées au four, elles se transforment en petites chips merveilleusement parfumées. Badigeonnez-les de quelques gouttes d'huile d'olive vierge. Déposez-les ensuite sur une plaque. Faites cuire 7 minutes à 170 °C, jusqu'à ce qu'elles deviennent subtilement dorées. Vous ferez figure de grand connaisseur dès l'apéritif !

Gaspacho espagnol fait maison

Faites une purée de tomates relevées d'ail, de basilic, d'huile d'olive et de vinaigre de Xérès. Servez froid avec quelques croûtons et des dés de concombre.

Autres idées ultra-simples

Poêlées, toutes les variétés de tomates s'harmonisent avec des herbes, de l'ail, un peu de Parmesan et un filet de vinaigre balsamique. C'est idéal en accompagnement d'une viande blanche.

Ajoutez quelques Marmandes ou Roses dans une papillote de poisson, avec un filet d'huile d'olive et des herbes. Vous verrez, c'est délicieux.

Des Vertes ou des Roses de Berne plongées dans une omelette ou dans une brouillade d'œufs en révèlent délicieusement la saveur et le moelleux.

Tartare de thon, tomate et courgette

Pour 4 personnes

Préparation : 20 minutes

Ingrédients

1 petite courgette • 2 grosses tomates (jaunes, Noires de Crimée ou Cornues des Andes) • 2 échalotes • 4 oignons nouveaux • 600 g de thon frais • Le jus d'un citron • 1 cuillère à soupe de vinaigre balsamique • 1 cuillère à soupe d'huile d'olive • 2 cuillères à soupe de ciboulette hachée • Sel fin et poivre noir de moulin

Préparation

Épluchez et coupez la courgette en tout petits dés. Épépinez les tomates et coupez-les en dés. Émincez les échalotes et les oignons. Mélangez le tout.

Préparez le poisson en le coupant en cubes d'environ 1 cm. Arrosez avec le jus d'un demi-citron.

Dans un bol, mélangez le vinaigre, l'huile d'olive, et le jus du reste du citron. Salez et poivrez. Ajoutez vos dés de courgette et de tomates et la ciboulette. Mélangez tout cela délicatement au thon. Formez des tartares et servez tout de suite.

Moules à la tomate

Pour 4 personnes

Préparation : 20 minutes

Cuisson : 14 minutes

Ingrédients

1,2 kg de moules • 4 gousses d'ail • 2 petits oignons blancs • 4 tomates 400 g, de la « Beefsteak » variété de la « Cœur de Bœuf », ou « l'Orange » • 8 olives noires • 10 cl de vin blanc sec • 2 cuillères à café de persil haché • 2 cuillères à café d'huile d'olive • 2 cuillères à soupe de basilic • Sel fin, poivre noir du moulin

Préparation

Grattez et rincez les moules. Pelez et hachez l'ail et l'oignon. Portez de l'eau à ébullition, plongez-y vos tomates. Ensuite, laissez rafraîchir ces dernières, puis pelez-les et coupez-les en dés. Dénoyautez les olives et coupez-les en petits morceaux.

Faites chauffer le vin blanc dans une cocotte, ajoutez les moules et le persil. Faites cuire 3 minutes tout en remuant, jusqu'à ce que les moules s'entrouvrent. Égouttez-les. Filtrez le jus en réservant 5 cl. Gardez le reste de ce jus pour en faire une sauce ou un potage ultérieurement.

Rincez et essuyez la cocotte, et faites chauffer l'huile d'olive. Ajoutez l'ail et l'oignon, les faire revenir pendant 2 minutes, sans laisser colorer. Versez le jus que vous avez réservé, les tomates et le basilic. Salez et poivrez. Faites cuire 8 minutes, en laissant réduire un peu la sauce. Ajoutez après les olives puis les moules. Mélangez avec douceur et faites mijoter encore une minute, toujours en remuant.

Servez bien chaud.

Cannelloni au bœuf, sauce tomate

Pour 4 personnes

Préparation : 20 minutes

Cuisson : 30 minutes

Ingrédients

2 gousses d'ail • 2 oignons blancs • 1 poivron jaune ou vert • 2 steaks hachés (env. 250 g) • 2 pincées de 4 épices • 2 cuillères à café d'huile d'olive • 800 g de tomates pelées (Cœur de bœuf ou Ananas) • 4 rondelles de piment séché • 2 cuillères à soupe de basilic et 8 feuilles entières • 8 feuilles de lasagne séchées • 160 g de ricotta • 2 cuillères de persil haché • 4 cuillères à soupe de parmesan râpé • Sel fin, poivre parfumé à votre guise, au moulin

Préparation

Pelez et hachez finement l'ail et l'oignon. Coupez le poivron en fines lamelles, puis en petits dés. Dans un récipient, malaxez la viande avec l'ail, le quatre-épices, le sel et le poivre. Faites chauffer l'huile d'olive dans une sauteuse antiadhésive. Dans celle-ci faites revenir l'oignon et le poivron une minute. Ajoutez la viande émiettée et poursuivez la cuisson 3 minutes tout en remuant. Réservez dans un récipient.

Coupez les tomates en morceaux. Mettez-les dans une casserole avec le piment. Laissez cuire 10 minutes à couvert et 5 minutes à découvert, en remuant de temps en temps. Salez, poivrez, ajoutez le basilic, réservez.

Préchauffez le four, en position gril. Dans une casserole assez large, portez une grande quantité d'eau salée à ébullition, et faites cuire dans cette eau les feuilles de lasagne 8 minutes, en veillant bien à ce qu'elles ne se touchent pas. Égouttez et réservez à plat sur un plan de travail.

Incorporez la ricotta et le persil dans la préparation à la viande. Mélangez. Répartissez un cordon de farce sur le bord des feuilles de lasagne et enroulez. Versez la sauce tomate dans un petit plat à gratin. Disposez les cannellonis côte à côte, saupoudrez de parmesan et enfournez sous le gril 2 à 3 minutes. Servez en décorant avec les feuilles de basilic.

En conserves, confites, séchées, congelées, en coulis, en sauce...

Séchées, confites, congelées… toutes les préparations culinaires conviennent aux tomates. Elles s'harmonisent parfaitement dans une salade composée, dans un risotto, des pâtes, une poêlée de légumes, hachées et ajoutées dans un cake salé, une quiche, des crêpes.

Bien préparer ses conserves

Pour vos conserves, choisissez des tomates parfaitement saines, sans taches ni moisissures.

Première étape : la stérilisation des bocaux ou pots à confiture

1. Lavez les bocaux et les caoutchoucs à l'eau bien chaude et savonneuse.

2. Faites bouillir les bocaux 10 minutes dans une grande marmite d'eau ou un stérilisateur, comptez 1 minute pour des pots à confiture. Puis ajoutez les caoutchoucs, 2 minutes avant la fin de l'opération.

3. Récupérez avec précaution les bocaux à l'aide d'une pince. Placez-les à l'endroit sur votre plan de travail.

4. Mettez les caoutchoucs sur un torchon afin qu'ils sèchent correctement. Il ne vous sera donc pas nécessaire de les essuyer. Posez-les sur les bocaux.

Deuxième étape : la préparation des tomates (pour des bocaux de 1 l)

1. Lavez les tomates et retirez le pédoncule et la peau. Pour peler une tomate plus facilement, trempez-la une seconde dans de l'eau bouillante. Elle restera bien ferme.

2. Remplissez vos bocaux en serrant vos tomates.

3. Versez de l'eau à température ambiante, en laissant un pouce d'espace sous le bord.

4. Ajoutez 1 cuillère à café de sel et 2 cuillères à soupe de jus de citron.

5. Essuyez les bords avec du papier absorbant imbibé de vinaigre s'ils ont été mouillés. Fermez maintenant vos bocaux.

Du jus de citron dans vos conserves ?

Le jus de citron empêche de désobligeantes bactéries de se développer. En effet, elles ne se prolifèrent qu'en dessous d'un pH de 4,6. Le pH des tomates varie entre 4,2 pour les plus acides et 4,9 pour les plus sucrées. Vous l'avez compris, automatique le jus de citron !

Troisième étape : la cuisson

1. Disposez vos bocaux ou pots à confiture dans un stérilisateur. Afin d'éviter tout choc pendant l'ébullition, mettez des torchons propres autour de chacun d'entre eux. Si vous utilisez un grand fait-tout ou une grande marmite, veillez à placer une grille ou 2-3 torchons bien épais, de manière à protéger vos bocaux de la source directe de chaleur.

2. Installez le stérilisateur sur la plaque de cuisson. Remplissez-le d'eau à température ambiante et recouvrez complètement les bocaux.

3. Portez à ébullition et laissez bouillir ainsi pendant 45 minutes. Contrôlez attentivement le niveau d'eau. Ajoutez de l'eau bouillante si cela est nécessaire.

4. Au bout des 45 minutes, stoppez le feu. Enlevez délicatement le couvercle. Patientez 15 minutes.

5. Retirez les bocaux du stérilisateur en vous utilisant une pince et posez-les sur votre plan de travail.

6. Laissez-les refroidir complètement. La patience est votre amie. La baisse de température va peu à peu créer un vide d'air permettant une longue conservation.

7. Le lendemain, vérifiez avec précaution leur étanchéité en tirant très délicatement sur les caoutchoucs.

8. Placez alors vos bocaux ou pots à confiture dans un endroit frais et sec, à l'abri de la lumière. Il est préférable de ne pas les conserver plus d'une année.

Bien les préparer « séchées »

Séchées, elles sont un vrai délice. En les faisant dessécher, toute l'eau qu'elles contiennent s'évapore, ce qui permet de les conserver au moins pendant un an. Armez-vous de patience et de persévérance… Ce délice, réalisable qu'en plein été, se mérite !

1. Les variétés comme la San Marzano ou la Roma sont les meilleures à sécher. En tous les cas, prenez une chair fondante, plutôt farineuse, avec peu de graines.

2. Lavez vos tomates et fendez-les en deux. Posez-les ensuite sur un plateau.

3. Enveloppez votre plateau dans une toile de jute à mailles fines, tel un sac à jambon en coton. Fermez bien. Rien ne doit pénétrer, encore moins insectes ou autres petites bêtes incongrues.

4. Pendant deux jours, placez votre plateau au soleil, lorsque celui-ci chauffe au plus fort. Rentrez-le à la maison le soir, en l'installant dans votre pièce la plus chaude (grenier ou chambre sous les combles).

5. Petite astuce afin de les déshydrater parfaitement : terminez le séchage sur la plage arrière de votre automobile. La chaleur peut monter jusqu'à 40 °C et même plus. Ouvrez de temps en temps les vitres pour que l'air puisse entrer.

6. Observez vos tomates, elles doivent être à la fois entièrement déshydratées et absolument rigides.

Séchées et alléchantes

Conservez-les dans un bocal hermétique. Pour les réhydrater, trempez-les dans un bol d'eau à température ambiante. Attention, une eau trop froide ou trop chaude risquerait de les « bousculer »… Patientez, regardez-les devenir souples et tendres.

Bien les préparer « confites »

Les tomates confites sont cuites lentement au four. Si vous avez la chance d'avoir une grande terrasse, dans une région ensoleillée, faites-les cuire au soleil. Leur chair, concentrée en arômes est encore très moelleuse et pas complètement desséchée.

Ôtez la grappe, et disposez vos petites et belles rondes sur une plaque sulfurisée. Arrosez-les avec un filet d'huile d'olive et mettez-les au four. L'idéal : une température à 150 °C, une heure pour des tomates cerise, 1 h 30 pour des cocktails ou un peu plus grosses.

Si vous souhaitez en faire des conserves, disposez-les dans de petits bocaux stérilisés, pas plus de 250 ml. Très important, pensez alors à ôter le pédoncule vert qui n'est pas nocif dans le four, mais qui devient toxique en bocal. Plongez une branche de thym, ajoutez de l'huile d'olive à niveau (de première pression à froid). Laissez cuire une heure puis procédez comme expliqué ci-dessus.

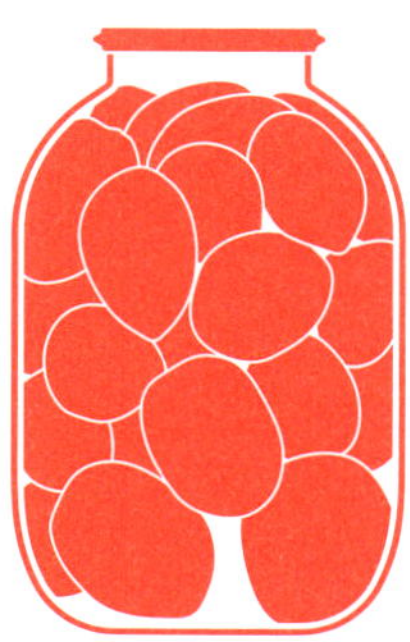

Tomates confites

de Barbara Primo-Procaccioli, maître-queux

Les tomates confites sont préparées au four, à basse température, cette façon de les traiter permet l'évaporation d'une partie de leur eau et la concentration des saveurs.

Les tomates confites sont très versatiles en cuisine, elles peuvent être utilisées comme décoration d'un plat (sur un risotto par exemple), comme garniture (en accompagnement d'un poisson grillé), comme farce ou pour « fourrer » un sandwich (on dit *imbottire* en italien).

Préparation

Choisir de préférence des tomates allongées, comme les Roma, San Marzano, Olivette…

Couper en deux les tomates dans le sens de la longueur. Assaisonner l'intérieur (sel, poivre, thym, herbes de Provence, ail si on aime).

Placer les tomates sur une plaque, côté bombée en bas, huiler généreusement avec une bonne huile d'olive vierge extra.

Enfourner les tomates, dans un four déjà chaud à 100 °C, à mi-hauteur, pendant une heure.

Après une heure les tourner sur la plaque, peau vers le haut, confire encore une heure.

Une fois la consistance souhaitée atteinte, sortir les tomates du four, laisser refroidir et conserver dans un bocal ou une boîte hermétique, de préférence en verre, couvertes d'huile, au frigo.

Pour certaines utilisations il est préférable de servir les tomates sans la peau, elles seront plus faciles à manger, à cet effet on peut ôter la peau d'une partie des tomates à leur sortie du four et les conserver sous huile déjà prêtes.

Bien les congeler

C'est très facile à faire. Mieux vaut effectuer cette opération en fin de saison, vers la fin octobre, pour tenir l'hiver, période où elles sont absentes dans les marchés.

Tomates entières

Lavez-les et retirez leur pédoncule. Coupez-les en deux dans leur largeur. Posez-les à plat sur un plateau, côté bombé sur le dessous, et placez-les au congélateur. Lorsqu'elles sont congelées, mettez-les en vrac dans un grand sachet de congélation.

Tomates pelées et coupées en petits dés

Conditionnez-les dans des sachets de congélation.

Dégustation de vos succulentes congelées

Faites cuire directement dans le four vos demi-tomates congelées. Inutile de les décongeler avant. Ajoutez l'accompagnement qu'il vous plaira (pain, persil, basilic, ail, olives, noisettes, fromage…) mettez dans le four à 170 °C pendant 45 minutes.

Bien conserver ses coulis, concentrés et Ketchup suaves

Les coulis se marient somptueusement avec presque tous les mets, des pâtes au riz en passant par les haricots, le quinoa, la pizza, les fougasses, les feuilletés apéritifs. Ils sont délicieux mélangés à une pâte à pain, ou associés à du lait végétal et de l'agar-agar pour préparer une Panna Cotta salée.

Un coulis flatteur avec des Romas

Faites-les mijoter fraîches à la poêle dans un peu d'huile d'olive, avec des oignons, de l'ail, du basilic citron, du thym et du romarin.

En conserves

Pour vos sauces et Ketchup, procédez comme pour vos conserves de tomates. N'omettez pas de verser au préalable du jus de citron dans vos préparations. Comptez seulement 20 minutes de stérilisation pour le Ketchup.

Congelées

Pour congeler vos sauces, versez-les dans des bouteilles en plastique. Remplissez uniquement aux 3/4, c'est plus sûr pour éviter tout débordement. Utilisez un entonnoir bien propre, ainsi pas de risques d'éclaboussures. N'oubliez pas d'essuyer les bords de vos bouteilles ou bocaux avec un papier absorbant imbibé de vinaigre blanc.

Pour le ketchup et le concentré de tomate, le top est de les couler dans des bacs à glaçons.

Jus de tomate, le savoir-faire

Le meilleur des jus de tomates est celui, bien évidemment, que vous allez confectionner vous-même. Selon Bruno Oberti, agriculteur et producteur de tomates à Cassis, ancien chef barman dans une très belle maison étoilée, « il vaut mieux en boire moins souvent mais de l'excellent et naturel ». Mais que vous le réalisiez vous-même ou que vous l'achetiez, il n'y a pas 36 recettes de jus de tomate. Pour arriver au top du jus de tomate, il faut faire simple, car la tomate se suffit à elle-même. Et puis, elle est capricieuse, elle ne supporte pas n'importe quel autre fruit ou légume.

Recette maison du jus de tomates de Bruno Oberti, agriculteur à Cassis

Son conseil : préférez les tomates Roma. Non seulement elles sont parfumées, mais elles ont aussi le grand avantage d'avoir la peau fine. Ajoutez une pincée de sel fin, du poivre de moulin, du basilic citron, un léger filet d'huile d'olive, une branche de céleri, et une petite pointe de piment car la tomate adore le piment. Mixez le tout. Passez au tamis si vous n'aimez pas retrouver de la peau dans votre jus.

En décoration, enfournez trois olives vertes sur un pic, quelques dés de mozzarella ou quelques fraises et framboises. Ces dernières se marient très bien si vous savourez votre jus dans l'après-midi ou comme un dessert.

Smoothie en rouge

de Barbara Primo-Procaccioli, maître-queux

Ingrédients pour un verre

3 tomates grappe très mûres • 4 fraises • 1 cuillère à soupe de crème liquide • 1 cuillère à soupe de sirop d'agave • au choix un trait de vinaigre balsamique dense ou une goutte d'huile essentielle de menthe

Préparation

Préparer les tomates comme pour la soupe : sans peau, pépins, pédoncule.

Mixer leur chair avec les autres ingrédients (fraises lavées et équeutées) dans un blender, augmenter la crème pour obtenir la texture désirée si trop dense. Goûter et régler le sirop si nécessaire.

Ajouter en dernier l'assaisonnement de votre choix, les huiles essentielles à usage alimentaire sont à doser au compte gouttes, pour un verre une ou deux gouttes grand maximum suffiront.

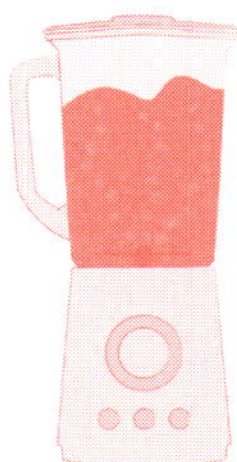

Recettes

ENTRÉE, MET, DESSERT ET COCKTAIL

par nos talentueux Chefs Français

Salade de Tomates d'Antan, Basilic et Mozzarella di Bufala

de Sylvain Marsault, chef du restaurant l'Horizon Hôtel Les Flamants Roses à Canet-en-Roussillon

Ingrédients pour 4 personnes
2 tomates « Cœur-de-Bœuf » • 1 tomate jaune • 1 tomate « Noire de Crimée » • 1 tomate Green Zebra • 2 boules de Mozzarella di Bufala • 400 g de crème liquide • 1 grosse échalote • 1 gousse d'ail • 1 botte de basilic • 1 cuillère à soupe de vinaigre de Banyuls • Huile d'olive des Orgues d'Ille-sur-Têt fruitée noire • 20 g de parmesan • 10 g de pignons de pin • 1 pointe de couteau de Piment d'Espelette
Ustensiles • *1 siphon • 1 blender ou mixeur • 1 cul-de-poule ou saladier*

Préparation
Pistou : mixer rapidement au blender le basilic avec le parmesan, les pignons de pin (en conserver quelques-uns pour la finition), ½ gousse d'ail, sel et poivre. Monter à l'huile d'olive (comme une mayonnaise) pour épaissir. Ne pas mixer trop longtemps pour éviter que le basilic ne chauffe et afin qu'il conserve sa couleur.

Espuma : égoutter les boules de mozzarella. Les déposer dans le blender avec 1/2 échalote, sel, poivre, la crème liquide, 1 trait d'huile d'olive et le piment d'Espelette. Passer au chinois puis mettre dans un siphon. Réserver au frais.

Détailler les tomates en quartiers et en rondelles de différentes tailles. Les assaisonner dans un cul-de-poule avec sel, poivre, ½ échalote, le vinaigre de Banyuls, et 3 cuillères à soupe d'huile d'olive des Orgues fruitée noire.

Dressage
Dresser harmonieusement les tomates, l'espuma, et éventuellement un morceau de pain trempé d'huile d'olive puis grillé, ainsi qu'une ou deux feuilles de basilic que vous aurez réservées au préalable. Réaliser au pinceau un trait de pistou sur l'assiette, sur lequel on déposera quelques pignons pour la décoration.

Tomate confite au citron vert, salpicon de Homard et crumble de pistache

de Donatien Sahagun Mencias, chef du restaurant Les Tourelles au Château des Tourelles à Pornichet

Ingrédients pour 2 personnes

J'ai choisi pour cette recette de la « Yellow Ananas » et de la « Green Zebra » pour un doux mélange entre la « juteuse » et la « ferme ».

400-500 g de homard breton (1 pièce) • 2 tomates Yellow Ananas • 2 tomates Green Zebra • 1 citron vert • Huile d'olive • Fleur de sel de Guérande • Poivre • Vinaigre de tomate

Crumble • *100 g de pistaches torréfiées • 50 g de sucre cassonade • 100 g de beurre ½ sel • 100 g de farine • 20 g de pâte à pistache*

Préparation

Tomates confites : monder* les tomates. Après avoir fait des incisions aux extrémités, plonger les tomates dans l'eau bouillante. La peau commençant à se décoller, sortez-les de l'eau et plongez-les dans l'eau glacée. Retirer la peau. Les faire confire entières pendant environ 12 heures dans un four à 70 °C avec zestes de citron vert.

Tartare de homard : cuire le homard dans l'eau salée, pendant 10 minutes et le décortiquer. Tailler en petits cubes afin d'élaborer la découpe « tartare ». Assaisonnez d'huile d'olive, de fleur de sel et poivre.

Crumble : mélanger l'ensemble des éléments, égrainer pour établir un sablage. Cuire le tout sur une plaque à 170 °C pendant 12 minutes. Préparez une vinaigrette à base d'huile d'olive et de vinaigre de tomates.

Dressage

Dans une assiette creuse, mettre le tartare assaisonné à l'huile d'olive. Ajouter le crumble refroidi, et déposer en quartiers les tomates confites. Présenter à côté votre vinaigrette.

** Monder signifie ébouillanter les tomates afin de retirer leur peau.*

Gaspacho de Green Zebra

de Martial Bouquet, chef du restaurant le D3 de la Thalasso Spa Deep Nature de Deauville

Ingrédients

3 kg de Green Zebra mondées • 3 oignons • 1 poivron vert • 1 poivron jaune • 30 g de basilic

Préparation

Mixer le tout au blender, assaisonner (sel, poivre, tabasco) et monter à l'huile d'olive jusqu'à obtenir la consistance voulue.

Soupe froide Bari-Séville

de Barbara Primo-Procaccioli, maître-queux

Ingrédients pour 4 personnes

16 tomates grappe bien mûres • 1 burrata • huile d'olive vierge extra • sel • poivre blanc • un peu de bouillon végétal

Préparation

Porter à ébullition de l'eau dans une casserole. Inciser avec une croix le fond des tomates. Quand l'eau bout, immerger les tomates et les laisser dans l'eau chaude une minute, pas plus. Sortir les tomates, les rafraîchir rapidement sous l'eau.

Préparer les tomates : les éplucher, ôter les pépins et le pédoncule, ainsi que les éventuelles partie, fibreuses à l'intérieur.

Mixer la chair des tomates, coupée en morceaux, avec la burrata, assaisonner de sel poivre et détendre la soupe avec un peu de bouillon si nécessaire, ça dépend de l'eau des tomates.

Réserver au frigo et servir fraîche avec un filet d'huile d'olive vierge extra.

Tomates glacées Noires de Crimée, Rose de Berne, tagète et agastache anisée

de Emmanuel Renaut, chef du restaurant Flocons de Sel à Megève, 3 étoiles au Michelin

Ingrédients pour 8 personnes

1 kg de tomates Noire de Crimée et de Rose de Berne • 1 échalote • 1 cuillère à soupe de pectine • 1 cuillère d'huile d'olive • Tagète lucida (feuilles et fleurs au parfum d'estragon et de pamplemousse) • Agastache anisée

Préparation

Monder et épépiner les tomates, réserver les peaux et les pépins pour la préparation de l'eau de tomate. Suer une demi-échalote avec une cuillère d'huile d'olive, ajouter les peaux et les pépins, mouiller à hauteur à l'eau et laisser cuire à frémissement pendant 1 heure. Passer à l'étamine et rectifier l'assaisonnement.

Diviser en deux parties égales. Cuire la première partie avec la pectine afin d'obtenir un jus légèrement sirupeux et préparer les cercles d'eau de tomate : prendre un cercle en inox de 70 mm, filmer, poser à plat et verser une fine couche d'eau de tomate. Congeler. Une fois pris, enlever le film et le cercle, garder au congélateur sur papier sulfurisé.

Hacher l'agastache et le tagète. Tailler les tomates en dés, assaisonner (sel), ajouter les herbes et laisser macérer (15 minutes).

Dressage

Disposer les tomates dans un cercle de 70 mm, entourer de l'eau de tomate à la pectine. Au tout dernier moment, déposer rapidement le glaçon d'eau de tomate, quelques grains de sel, servir très rapidement et inviter les convives à casser la glace.

Tomates de Collection, poulpe et vieux Xéjes

de Julien Montbabut, chef du Restaurant de L'Hôtel à Paris, 1 étoile au Michelin

Ingrédients pour 4 personnes

1 grosse tomate « Cœur-de-Bœuf » • 6 belles tomates de variétés anciennes comme la « Saint-Vincent », la « Noire de Crimée » ou la « Green Zebra » • 1 belle tentacule de poulpe cuite • 1 échalote hachée • 15 g de gingembre haché • 1 citron vert en jus • 1 gousse d'ail hachée • 3 cuillères à soupe de cerfeuil concassé • 2 cuillères à soupe d'huile d'olive • 8 tomates cerises • 1 morceau de melon d'eau • 1 morceau de melon de Cavaillon • 4 pincées de fleurs de sel

Pour le gel de vinaigre • *85 g d'eau de tomate • 15 g de vieux vinaigre de Xéjès • 1 cuillère à café de maïzena*

Pour la décoration • *Herbes et fleurs*

Préparation

Tomate « Cœur-de-Bœuf » : laver une belle tomate Coeur-de-Bœuf . La tailler en 4 dans l'épaisseur afin de réaliser de belles tranches qui nous serviront de socles. Enlever à l'aide d'un petit couteau les pépins. Les réserver.

Tomates anciennes : enlever le pédoncule des tomates anciennes et réaliser une petite incision sur la peau de l'autre côté. Les cuire 30 secondes à l'eau bouillante et le refroidir aussitôt. Enlever la peau.

Réaliser des quartiers avec les tomates vertes.

*Réaliser une rougaille** de tomate avec les autres variétés. Couper en quartier, épépiner et tailler en petits dés. Veuillez à bien garder les cœurs de tomates. Assaisonner avec une pincée de sel, l'échalote hachée, la gousse d'ail haché, le gingembre haché, le jus du citron vert et un trait d'huile d'olive.

Tailler les melons en petits tubes à l'aide d'un vide-pomme. Tailler les tomates cerises en quartiers.

* *Rougaille ou tartare.*

Gel de Xéjès : passer à la passette tous les cœurs et les pépins de tomates afin de récupérer le jus. Y ajouter le vinaigre et une pincée de sel. Faire chauffer en ajoutant un peu de maïzena afin d'obtenir un jus épais. Réserver en pipette.

Dressage

Déposer la tranche de tomate sur une assiette plate. Remplir tous les trous avec le gel de vinaigre. Assaisonner avec un filet d'huile d'olive et de la fleur de sel. Ajouter une quenelle de tartare de tomate au centre. Intercaler les quartiers de tomates vertes, les morceaux de poulpes assaisonnés à l'huile d'olive, les tubes de melons. Parsemer de fleurs de sel. Décorer avec des fleurs et des herbes du moment.

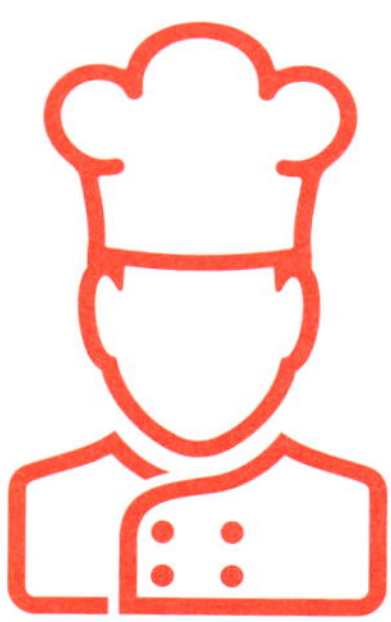

Pressé de tomates Marmande au basilic et moutarde à l'ancienne

de Julien Montbabut, chef du Restaurant de L'Hôtel à Paris, 1 étoile au Michelin

Ingrédients pour 6 personnes

Pour le pressé de tomates • *1,5 kg de tomates Marmande bien mûres • 2 échalotes émincées • 1 botte de basilic concassé • 1 cuillère à soupe de moutarde à l'ancienne • 10 cl de bonne huile d'olive • 3 cl de vinaigre balsamique • 3 cl de vinaigre de vin vieux • Sel fin*

Pour la crème de moutarde • *35 g de mascarpone • 15 g de crème liquide • 10 g de moutarde à l'ancienne*

Finition • *12 morceaux de tomates confites • Quelques pousses de basilic*

Préparation

Pour le pressé de tomates : ôter le pédoncule des tomates et faire une incision sur la peau de la base de la tomate. Plonger les tomates 15 secondes dans de l'eau bouillante et les refroidir aussitôt.

Enlever la peau, tailler les tomates en quartiers et les épépiner. Réserver les cœurs pour une autre utilisation. Mettre à mariner les quartiers de tomates avec les vinaigres, l'huile, la moutarde, le basilic, les échalotes et une belle pincée de sel.

Au bout de 24 heures, faire égoutter les quartiers. Les mettre dans une terrine préalablement chemisée de film alimentaire. Presser avec un poids (une brique de lait par exemple) pendant encore 24 heures. Démouler, ôter le papier film et tailler en belles tanches.

Pour la crème de moutarde : placer tous les ingrédients dans un bol et fouetter comme une crème Chantilly.

Dressage

Déposer la tranche de pressé de tomate au centre de l'assiette et surmonter d'une belle quenelle de crème de moutarde. Décorer avec quelques morceaux de tomates confites et avec de belles pousses de basilic.

Denti de palangre, Marinière de tomates aux huîtres

de Christophe Bacquié, chef du restaurant de l'Hôtel & Spa du Castellet, 2 étoiles au Michelin

Ingrédients pour 4 personnes

Rondelle de seiche • *175 g de seiche nettoyée • 75 g de crème liquide • Sel fin rose de l'Himalaya • Poivre blanc du moulin*

Marinière de tomates • *400 g de jus de tomate frais • 24 g de pulpe de pomme de terre • 50 g de dés de tomate • 70 g d'huîtres n° 3 concassées • 4 g de julienne courte de citron au sel • 1 pincée de feuilles jaunes de céleri branche concassées et de ciboulette ciselée • Vinaigre balsamique blanc • Sel rose fin de l'Himalaya • Poivre blanc du moulin*

Pavés de denti • *4 pavés de denti de 120 g chacun • Sel fin rose de l'Himalaya • Poivre blanc du moulin • Huile d'olive*

Préparation

Rondelle de seiche : mixer la seiche puis ajouter le sel, la crème et l'encre de la seiche passée à la passette, et passer au tamis.

Former un boudin avec une poche d'ouverture de 2,5 cm, filmer au contact et rouler, avant de cuire au four vapeur à 83 °C pendant 10 minutes Refroidir puis tailler.

Marinière de tomates : porter le jus de tomate à ébullition puis l'épaissir en y incorporant la pulpe de pomme de terre, ajouter les autres ingrédients, assaisonner.

Pavés de denti : assaisonner puis marquer les pavés de denti sur une face et sur les côtés à l'huile d'olive. Puis les mettre sur une grille côté peau vers le haut afin qu'ils montent en température. Les reprendre et les cuire à 40 °C à cœur.

Accord met et vin

2007 Clos Venturi, Jean-Marc Venturi, AOC Vin de Corse Blanc

Tomates d'autrefois et Sardines de Méditerranée

de Christophe Schmitt, chef du restaurant l'Almandin à St Cyprien

Ingrédients pour 4 personnes

2 tomates cœur de bœuf • 2 tomates Ananas • 2 tomates « Noire de Crimée » • 2 tomates « Green Zebra » • 10 sardines • Amandes fraîches • Vieux balsamique • 2 échalotes • 2 cuillères à soupe de vinaigre de Banyuls • 1 botte de ciboulette • 1 cuillère à soupe de moutarde à l'ancienne • 1 citron jaune • ¼ d'huile d'olive

Préparation

Lever et nettoyer les filets de sardines, les mettre 10 minutes au sel puis rincer.

Réaliser la marinade avec les échalotes et la ciboulette ciselée, la cuillère à soupe de moutarde, le vinaigre de banyuls, le zeste et le jus du citron puis émulsionner avec l'huile d'olive.

Verser sur les filets de sardine à hauteur (à affleurer) puis laisser mariner minimum 24 heures.

Tailler quelques tranches de tomates de différentes couleurs, assaisonner avec l'huile d'olive, la fleur de sel et le Piment d'Espelette.

Dressage

Disposer les filets de sardine dans les assiettes avec un peu de marinade, ajouter quelques amandes fraîches, des points de vieux balsamique et quelques fleurs et herbes sauvages pour la décoration.

Trio de tartare de Tomates anciennes au basilic

de Guilhem Sevin, chef de la Maison Christian Étienne, Papauté de la Tomate à Avignon, 1 étoile au Michelin

Ingrédients pour 6 personnes

750 g tomates Green Zebra • 750 g tomates Cœur-de-Bœuf • 750 g tomates Ananas • 4 échalotes • 1 bouquet de basilic • Huile d'olive • Vinaigre balsamique blanc • Vinaigre balsamique noir • Sel, poivre • Fleur de sel

Préparation

Monder les tomates séparément, vider les graines, tailler en dés et assaisonner en sel pour les faire dégorger. Mettre à égoutter avec un poids pendant une nuit.

Le lendemain, débarrasser dans un cul-de-poule (toujours séparément), incorporer les échalotes et le basilic ciselés.

Assaisonner en fleur de sel, poivre, vinaigre balsamique noir pour la « Coeur-de-Bœuf » et vinaigre balsamique blanc pour la « Green Zebra » et l'« Ananas ». Puis ajouter l'huile d'olive.

Mélanger délicatement puis mouler en cercle en tassant bien.

Dressage

Dresser sur assiette les 3 variétés, mettre un peu de fleur de sel et d'huile d'olive avant de servir.

Astuce de goût : sortir du réfrigérateur le tartare 20 minutes avant de les servir afin de bien mettre en valeur les arômes de chaque tomate.

Fricassée de homard, tomates Olivettes confites, suprêmes d'orange et pistils de safran

de Guilhem Sevin, chef de la Maison Christian Étienne, Papauté de la Tomate à Avignon, 1 étoile au Michelin

Ingrédients pour 6 personnes

3 ou 6 homards de 500 g • 1 kg tomates cerise Olivettes • 8 oranges • Safran en pistils • 200 g Coulis de homard • 200 g Crème 35 %

Préparation

Cuire les homards 3 minutes dans l'eau bouillante puis recuire les pinces encore 3 minutes, refroidir et décortiquer.

Étaler les tomates sur une plaque, vaporiser de l'eau et assaisonner en sel, sucre et poivre. Mettre un peu d'huile d'olive et confire 2 h 30 à 100 °C

Lever les suprêmes de 3 oranges. Presser le jus de 5 oranges, mettre 30 g de sucre, 8 pistils de safran et réduire pour en faire un sirop.

Mélanger le coulis de homard et la crème, cuire et réduire de moitié, émulsionner.

Poêler en premier les pinces, les articulations (1 minute), puis les queues (1 minute côté rouge et 30 secondes côté chair).

Dresser puis déguster.

Canon d'agneau de Provence en croûte de romarin, vrai jus, tomates grappe à la provençale et aubergine grillée

de Guilhem Sevin, chef de la Maison Christian Étienne, Papauté de la Tomate à Avignon, 1 étoile au Michelin

Ingrédients pour 6 personnes

2 carrés d'agneau • 3 Tomates grappe moyennes • 3 petites aubergines • 50 g beurre • Chapelure de pain • Romarin • 1 bouquet de persil • 1 gousse d'ail

Préparation

Désosser les carrés d'agneau, les parer. Assaisonner en sel et poivre, les saisir à la poêle de chaque côté, mettre 6 minutes au four à 180 °C, sortir et laisser reposer.

Confectionner un jus avec les os et les parures.

Tailler les aubergines en 2, assaisonner, mettre de l'huile d'olive au pinceau, griller et cuire au four 10 minutes.

Couper les tomates grappe en deux en gardant la peau. Effeuiller le persil, le mixer avec l'ail et un peu de chapelure. Saupoudrer sur les tomates, assaisonner et cuire 8 minutes au four avec quelques gouttes d'huile d'olive.

Faire une chapelure de romarin avec poudre de tomate séchée et un peu de beurre, mixer et étaler.

Réchauffer l'agneau au four 5 minutes, apposer la croûte de romarin et remettre encore 3 minutes au four, avec les garnitures.

Dresser et déguster.

Petites tomates grappe farcies aux senteurs d'estragon

de Guilhem Sevin, chef de la Maison Christian Étienne, Papauté de la Tomate à Avignon, 1 étoile au Michelin

Recette pour 6 personnes

18 petites tomates bien rondes • 2 kg de « Marmande » • 10 feuilles d'estragon • ¼ de litre de jus de bœuf • 2 gousses d'ail • 1 oignon

Préparation

Monder les petites tomates et les vider de leurs graines. Les mettre à l'envers pour les faire égoutter.

Faire une concassée des 2 kg de marmande (monder, épépiner, couper en concassée).

Faire suer l'oignon et les ails avec de l'huile d'olives ainsi que la concassée de tomates. Faire réduire à sec.

Ajouter les feuilles d'estragon hachées et farcir les tomates.

Faire cuire 5 minutes à four chaud avec le jus de bœuf et servir tel quel.

Je chéris particulièrement cette recette parce qu'elle fait ressortir le véritable goût de la tomate. Mon conseil : les tomates qui vont être farcies doivent être moins mûres et plus fermes que les « Marmande » qui vont servir à la concassée afin d'obtenir le maximum de saveurs.

Filet de Rouget sur une concassée de tomate liée à l'aïoli, tomates cerises confites, brunoise de mangue à la coriandre, lait « moussé » à l'ail

de Christian Étienne, ancien chef de la Maison Christian Étienne,
Le Pape de la Tomate à Avignon, 1 étoile au Michelin

Ingrédients pour 6 personnes

6 filets de rouget • 1 mangue • quelques petites pincées de coriandre fraîche • 1 tomates cerise (confites) • 1 kg tomates Roma • 1 oignon • 1 œuf • 1 /4 litre d'huile d'olive • 2 cuillères à café de moutarde • 2 gousses d'ail • 1 /4 litre de lait

Préparation

Confire les tomates cerises au four 4 heures à 100 °C.

Monder et épépiner les Roma, réaliser une concassée avec l'oignon.

Monter un aïoli puis faire infuser une gousse d'ail dans le lait.

Tailler la mangue en fine brunoise, assaisonner puis ajouter la coriandre.

Poêler les filets de rouget à l'huile d'olive et les déposer sur une cuillerée de concassée liée à l'aïoli. Ajouter la mangue et les tomates confites.

Faire mousser le lait et finir de dresser.

Tarte à la Tomate verte

de Christian Étienne, ancien chef de la Maison Christian Étienne,
Le Pape de la Tomate à Avignon, 1 étoile au Michelin

Ingrédients pour 6 personnes

8 Tomates vertes • 100 g de pâte sucrée • 14 g de gingembre en poudre • 3 clous de girofle

Préparation

Monder les tomates et les confire dans un sirop : 1 kg de sucre pour 1 litre d'eau. Quand le sirop bout, y plonger les tomates, porter à nouveau à ébullition puis laisser refroidir plusieurs heures.

Couper les tomates en quatre et retirer toutes les graines. Les retremper dans le sirop avec le gingembre en poudre et les clous de girofle. Porter à ébullition et laisser refroidir.

Avec les graines, faire une compotée (les recuire avec un peu de sirop) qui sera disposée sur le fond de la tarte préalablement cuit.

Y disposer ensuite les tomates confites en rosace.

Servir chaud ou froid avec un coulis d'abricot.

Sorbet Tomate « Cœur-de-Bœuf » tuile craquante

de Christian Étienne, ancien chef de la Maison Christian Étienne,
Le Pape de la Tomate à Avignon, 1 étoile au Michelin

Ingrédients

Sorbet • *750 g de sucre • 650 g d'eau • 90 g de glucose • 1 kg de chair de Tomates • Jus d'un citron • 1 pincée de piment d'Espelette*

Tuile • *125 g de beurre • 125 g de poudre d'amandes • 125 g de sucre glace • 125 g de glucose • 62,5 g de farine*

Préparation

Élaborer un sirop à sorbet avec le sucre, l'eau et le glucose.

Mixer 1 kg de chair de Tomates (mondées et évidées) avec 600 g de sirop à sorbet. Ajouter le jus d'un citron et une pincée de Piment d'Espelette. Refroidir et turbiner.

Servir accompagné d'une tuile.

Pour confectionner la tuile : mélanger le beurre, la poudre d'amandes, le sucre glace, le glucose et la farine, cuire à 180 °C jusqu'à coloration.

Apéritif d'été

de Barbara Primo-Procaccioli, maître-queux

Ingrédients pour un grand verre

4 tomates grappe très mûres • 1 cuillère à soupe de jus de céleri fraîchement extrait • jus de citron, un peu • sel-poivre blanc de Malabar • une goutte de huile essentielle de basilic

Préparation

À la centrifugeuse sortir le jus du céleri. Le nombre de côtes de céleri nécessaires varie selon votre centrifugeuse.

Préparer les tomates comme pour la soupe : sans peau, pépins, pédoncule.

Mixer leur chair avec les autres ingrédients dans un blender, ajouter une petite quantité d'eau pour obtenir la texture désirée si trop dense. Goûter et régler de sel si nécessaire.

Ajouter en dernier l'huile essentielle à usage alimentaire : à doser au compte gouttes, pour un verre une ou deux gouttes grand maximum suffiront.

Apéritif d'hiver

de Barbara Primo-Procaccioli, maître-queux

Ingrédients pour un verre

15 cl de jus de tomate • 5 cl de Lillet ou de vermouth blanc • 1 cuillère à soupe de jus de citron • 1 brochette avec olives vertes et noires en décoration

Préparation

Mélanger à la cuillère les ingrédients dans un verre, en ajoutant la brochette en décoration sur le bord.

Yellow Mary

de Marc Jean, chef Barman au Head Bartender de l'Hôtel Le Normandy à Deauville

Ingrédients

4 cl de Vodka Grey Goose • 12 cl de jus de tomate jaune Alain Millat • 1 trait de sauce anglaise • 1 cl de jus de citron jaune • 1 trait de Tabasco • Sel de céleri • Décoré avec 1 branche de céleri

Green Mary

de Marc Jean, chef Barman au Head Bartender de l'Hôtel Le Normandy à Deauville

Ingrédients

4 cl de Vodka Grey Goose • 12 cl de jus de tomate verte Alain Millat • 1 trait de sauce anglaise • 1 cl de jus de citron jaune • 1 trait de Tabasco • Sel de céleri • Décoré avec 1 branche de céleri

Bombay East Mary

de Marc Jean, chef Barman au Head Bartender de l'Hôtel Le Normandy à Deauville

Ingrédients

4 cl de Gin Bombay East • 12 cl de jus de tomate Alain Millat • 2 cl de sauce soja salée • 1 cl de jus de citron jaune • 1 trait de Tabasco • Sel de céleri • Décoré avec 1 branche de citronnelle

Mes recettes peuvent également se conjuguer sans alcool, on obtient alors des Virgin Mary. Il vous suffira d'évincer la vodka et le gin...

Mes coups de cœur

Musées

Montlouis sur Loire (37)

Conservatoire National de la Tomate de la Bourdaisière. Visite du potager avec plus de 650 variétés, d'avril à octobre. Vous observerez parmi elles, la « Verna Orange », la « Prune Var », la « Raisin Vert », la « Grosse Portugaise », l'« Erika d'Australie ». Vente de plants de tomates, d'accessoires, à la boutique du Prince Jardinier. Bar à Tomates selon les conditions météorologiques.

Château de la Bourdaisière
25, rue de la Bourdaisière
37270 Mont-Louis sur Loire
Tél : 02 47 45 16 31
L'Hôtel est ouvert du 15 mars au 15 novembre et du 25 décembre au 4 janvier
www.labourdaisiere.com
E-mail : contact@chateau.labourdaisiere.com

Coullons (45)

Visite sur rendez-vous du Conservatoire amateur pour la promotion de la diversité de Michel Danneau.
michel.danneau@orange.fr

Olmet et Villecun (24)

Conservatoire de plus de 400 variétés anciennes et bio. Au printemps vente sur place de tomates et de plants à repiquer.
Tél : 06 83 13 26 50
www.semences-bio-languedoc.com

Fêtes de la tomate

Maurin Lattes (34)

Chez Éric Pedebas, producteur, fête et portes ouvertes tous les 1er samedi de juillet. Exposition de plus de 400 variétés. Vente sur place de plants et de tomates.

Avenue de Maguelone
34970 Maurin Lattes
Tél : 06 12 02 41 66
http :/tomatologue.free.fr

Marmande (47)

Fête fin juillet.
Tél : 05 53 93 09 50
www.marie-marmande.fr

Pujols-sur-Ciron (33)

Fête début août.
contact@jardinsdetomates.fr
www.jardinsdetomates.fr

Saint-Denis-de-Jouhet (36)

Fête de la Tomate et du Folklore 3e week-end d'août.
Tél : 02 54 30 70 19
www.saintdenisdejouhet.fr

Montalba Le Château (66)

Fête de la Tomate et des Basilics, fin août.
Tél : 06 11 86 26 38
www.chevauxetchemins.fr : tomates.html

Haverskerque (59)

Fête de la Tomate et des Légumes Anciens, mi-septembre.

Tél : 03 28 40 61 12

www.commune-haverskerque.fr

Clapiers (34)

Grand et unique festival de la tomate, début septembre.

Tél : 06 07 53 96 07

www.amph.alixon.net

Montlhéry (91)

Foire aux tomates, 2e week-end de septembre.

www.montlhery.fr

Montlouis-sur-Loire (37)

Festival de la Tomate au Château de la Bourdaisière, 1er week-end de septembre. Déjeuner sur l'herbe festif, visite des multiples variétés...

Informations, documentations, échanges de variétés pour les collectionneuses, collectionneurs, amatrices, amateurs

Association Semences partage

Forum d'amateurs de langue francophone, Québec, Suisse, Belgique… Troc de graines, conseils de culture

www.forum-tomates.net

Tomodori

Un des sites les plus complets sur la tomate, principalement sur les variétés anciennes. Idées culinaires, lieux et jours de marchés les mieux achalandés dans ce fruit légume, cela dans toute la France.
http :/tomodori.com

Vent marin

Site internet d'un passionné Christian Lemaire qui possède une base de données sur plus de 1200 variétés.
http :/ventmarin.free.fr

Semences paysannes

Réseau de militants pour la préservation de la biodiversité, des semences et des plants dans les fermes.
www.semences paysannes.org

Ventes de plants

Association Kokopelli

Pour la diversité et les semences de vie. Vente en ligne de graines de tomates anciennes et bio.
Oasis 131 impasse des Palmiers
30100 Alès
Tél : 04 66 30 00 55
www.kokopelli.asso.fr

Ferme de Sainte-Marthe

Vente en ligne de graines et de plants anciens et bio

BP 70404

49004 Angers Cedex 1

Tél : 0891 700 899

www. fermedesaintemarthe.com

Le Biau Germe

Vente sur place de graines et de plants anciens et bio

47360 Montpezat

Tél : 05 53 95 95 04

www. biaugerme.com

Association Les Jardins de tomates

Distribution de graines et de plants. Vous devrez payer une cotisation à cette association de la Gironde.

contact@jardinsdetomates.fr

www.jardinsdeomates.fr

Les Trois Moutiers (86)

Foire aux plants de tomates chaque 1er mai

Tél : 05 49 22 30 02

http :/les3moutiers.free.fr

Marchés & boutiques

Trois associations pour connaître les meilleurs marchés et petits producteurs de tomate, tous proches de chez vous ou du lieu de votre farniente, Paris et toute la province, pendant sa pleine saison.

Les AMAP (Association pour le maintien d'une agriculture paysanne)
www.reseau-amap.org

Les Jardins de Cocagne
www.reseaucocagne.asso.fr

Les Paniers de Anne (18)
www.lespaniersdeanne.com

À Paris

Le marché de l'Alma (75016)

Tous les samedis matin pendant la saison de la tomate, il vous offre la garantie de tomber sur de vrais producteurs.

Bio c'Bon

Pour les passionnés du goût et du bien-être, paniers de fruits et de légumes uniquement de saison. Vous y trouverez de multiples variétés de tomates en saison. Et aussi tous les ustensiles et accessoires pour bien les cuisiner. Plusieurs boutiques à Paris et une à Aix – en- Provence (13).
www.bio-c-bon.com

En Province

Cueillette à la ferme

À la ferme du Rocher, on vient cueillir soi-même ses tomates. Prix peu onéreux.
Si vous êtes vraiment paresseuse, paresseux, vous pouvez toujours vous rabattre sur la boutique !

La Ferme du Rocher
7 avenue Gabriel -Péri
Roquebrune sur Argens (93)
Tél : 04 94 45 57 90
www. fermedurocher.com

À Toulon (83)

Tous les matins, prix très abordables au marché place Émile-Claude. Les mardis, vendredis et samedis matin, sont en plus estampillés « marché de producteurs de pays », rue Paul Landrin.

À Saint-Laurent du Var (06)

Mardi et vendredi matin, un des marchés les plus bios de France. Vous trouverez des tomates bio de Saint-Jeannet, petit village ancien.
Centre commercial Cap 3000

À Nice (06)

Marché tous les matins sauf le lundi avenue Malausséna, place Charles de Gaulle et boulevard Joseph Garnier. Pour vos tomates, rendez-vous à l'étale de Jean-Pierre et Danielle Morabotto, producteurs de Saint-Martin du Var. Ils s'installent le mardi et le samedi à la hauteur du 29 avenue Malausséna.

À L'Escarène (06)

Dans la vallée du Paillon, à 20 km de Nice, ce petit marché réunit tous les samedis matin, place de l'Église, une douzaine de petits producteurs. Vous y dénicherez des tomates séchées, faisant partie des meilleures en France, du pistou, de l'huile d'olive, et du romarin pour les accompagner.

À Cassis (13)

Tous les samedis matin, dans ce ravissant petit port en Provence, voilà un tout nouveau « Marché Paysan », sur la place Clémenceau. Que des producteurs éleveurs de la région pour le plus grand plaisir de vos papilles. Vous avez dit tomate ? Un maraîcher Bruno Oberti, maraîcher à Cassis, qui cultive ses tomates bio, en plein champ, est présent. Il peut vous parler de ses tomates pendant des heures ! Il vous expliquera pourquoi elles sont encore plus succulentes, grâce au sol de Cassis !
Bruno Oberti a également son étal au marché du mercredi matin. Il vend aussi directement à sa ferme, sur les hauteurs du village, tous les après-midi à partir de 14 h jusqu'à 18 h.
Tél : 06 70 01 73 55

À Guérande

Près de La Baule, à Guérande exactement, voilà une belle promenade à mener tout en faisant vos emplettes de tomates... Où ? Au cœur des Marais Salants déclarés « Grand Site Classé ». Faites votre marché directement chez ce maraîcher qui existe depuis 1927. Sa culture : des produits du terroir et des tomates exceptionnelles, dans une culture biologique raisonnée.
Huitric Producteur
Route Congor
44350 Guérande
02 40 62 00 60
www.huitric-producteur.fr

À Avignon

Tout proche d'Avignon achetez les plus belles tomates des environs. Hervé Sain travaille sa culture dans les plus nobles règles de l'art d'antan. Son héritage des traditions... 5 générations ! Vous passerez des heures entières à l'écouter vous raconter, avec tant de joie pour sa passion des traditions de sa région, des petites histoires croustillantes autour de cette fameuse tomate provençale...

Quelques jolies paroles échangées sur cette « Pomme d'Or » avec Guilhem Sevin ou Christian Etienne certainement... Ces Papes de la Tomate sont de grands fidèles du lieu...

Hervé Saïn
Le Clos Méjean à Sauveterre
04 66 82 60 73

Un séjour gorgé de couleurs bleu azur et rouge tomate

Une splendide escapade au vert entre la mer Méditerranée et les collines de Provence…

C'est au Dolce Frégate Provence. Lieu exceptionnel et unique, dès que l'été pointe son nez le Chef Guillaume Maurice au Mas des Vignes, restaurant de la Dolce, vous fera déguster toutes ses variétés de tomates et tomates cerise en accord avec autres légumes et plantes aromatiques qui proviennent du potager de l'hôtel. Vivez cette expérience culinaire hors du commun, succulente et pleine de décibels positifs pour votre santé ! Succombez à toutes ces variétés de « Pomme d'Amour » cultivées là sous la terrasse du restaurant, tout près de votre chambre. Si vous le souhaitez un cultivateur vous guidera dans le potager afin de vous conter son histoire et sa plantation. Alors citadin(e), en mal de la nature, en soif d'apprendre, ce lieu est pour vous.